매일을 헤엄치는 법

이연 그림 에세이

매일을 헤엄치는 법

이연 그림 에세이

푸른숲

프롤로그

나의, 2018년

내 방은 5평으로 몹시 좁았기에 나는 침대 대신 매트리스에서 주로 생활했다. 특히 모서리에 자주 앉았는데, 그러면 좁은 방이 그나마 커 보였다. 그럼에도 답답한 기분이 들 때엔 누워서 천장을 바라봤다. 천장에는 조명 외에 아무런 가구가 없어서 바닥을 보는 것보다는 기분이 탁 트였다. 근데 어느 날부터 천장에 붙은 스프링클러 두 개가 거슬리기 시작했다. 이렇게 좁고 가난한 집에 무엇을 지키려고 스프링클러가 붙어 있단 말인가. 모양 또한 조악해서 영 못 미더웠다. 어느 날부터 스프링클러가 카메라 렌즈처럼 보이기 시작했다. 게다가 그 눈이 나의 초라한 모습을 비웃는 것 같았다. 견디다 못한 나는 전기 테이프로 스프링클러 구멍을 막아버렸다. 2018년, 스물일곱의 나는 그런 사람이었다. 언젠가 화마에서 나를 구해줄지도 모르는 스프링클러를 기분 나쁘다는 이유로 막아버리는, 이상한 망상에 시달리는 겁이 많은 사람.

지금은 2022년, 서른하나가 되었다. 나름 유명인이 된 덕분에

길을 걷다가도 나를 알아보는 사람들을 마주친다. 전에는 찾아가도 거절당했는데 이제는 사람들이 찾아온다. 2018년 한 해에 벌었던 돈을 지금은 한 달에 번다. 원래 이렇게 살아온 양 당연히 여겨지기도 한다. 사람들 또한 그런 줄 안다. 한 TV 프로그램에서 박동신 박사가 이런 이야기를 했다.

"인간은 척추동물이지만 마음은 갑각류와 같아서, 껍데기를 벗어던진 가장 약해진 그 순간에 비로소 성장한다."

내게는 2018년이 그런 시기였다. 한평생 사회라는 단단한 껍데기 속에서 자라온 내가 모든 소속을 벗어던지고 오직 내 이름만으로 살아남기 위해 애를 썼다. 치열한 1년을 보내고 나는 끝내 살아남았다. 너절해진 집에서 5년간 머물다 떠나는 날 매트리스를 치워보니 바닥 색이 노랗게 변해 있었다. 매트리스를 받침대 없이 놓은 탓에 통풍이 되지 않아 변색된 것이다. 이사를 도와

주던 친동생이 그런 말을 했다. "누나는 악성 세입자였을지도 몰라." 나는 이 5평 공간을 지긋지긋하게 여겼지만 이곳은 나를 온전히 견뎌내주었다. 껍데기를 벗어던진 가재가 숨을 고를 수 있도록 지켜주는 비좁고 어두운 바위틈처럼 말이다.

나의 20대는 가난하고 치열했기에 돌아가고 싶지는 않다. 하지만 이 이야기만큼은 다시 꺼내야 한다는 생각이 들었다. 왜 이제 와서 지난날을 말하냐고? 세상이 씌운 껍데기를 버리고 바위틈에서 진정한 자신을 탐색하려는 이들이 분명 여럿 있을 거라는 생각 때문에 그렇다. 나도 그 시절을 지나 지금 이 모습이 되었다고, 그러니 당신도 할 수 있다는 이야기를 하고 싶었다.

만화에 나오는 텍스트는 전부 나의 스물일곱 일기장에서 발췌한 문장을 기초하여 만들어졌다. 책 속에 나오는 캐릭터는 볼링핀이나 느낌표가 아니고 전구다. 전구에 인간을 빗댄 이유는 영원

할 것처럼 찬란히 빛나다가 죽는 점이 인간과 닮았다고 생각했기 때문이다. 이 책을 통해 여러분께 하고 싶은 말은 이 한마디다.

"제게도 바보 같은 시절이 있었어요. 그런데 지나고 보니 그 시절이 하나도 바보 같지 않더군요."

2018년을 떠올리며

이연

2장 봄 ✦ 69

3장 여름 ✦ 115

4장 가을 ✦ 163

5장 다시 겨울 ✦ 209

에필로그 ✦ 253

감사의 말 ✦ 284

1장

겨울

나는… 내가 될 거야.

확신이 없는 나에게 이렇게 말했다

그치, 내가 사는 이 세계는 말이야.

멀리서는 평화로운 온실처럼 보여.

맞지 않는 온도에
나는 이토록 죽어가고 있는데 말이지.

사랑받기 위해 나름 많은 애를 썼지만
헛수고였다.

발버둥 칠수록

나는 이상한 사람이 되어갔다.

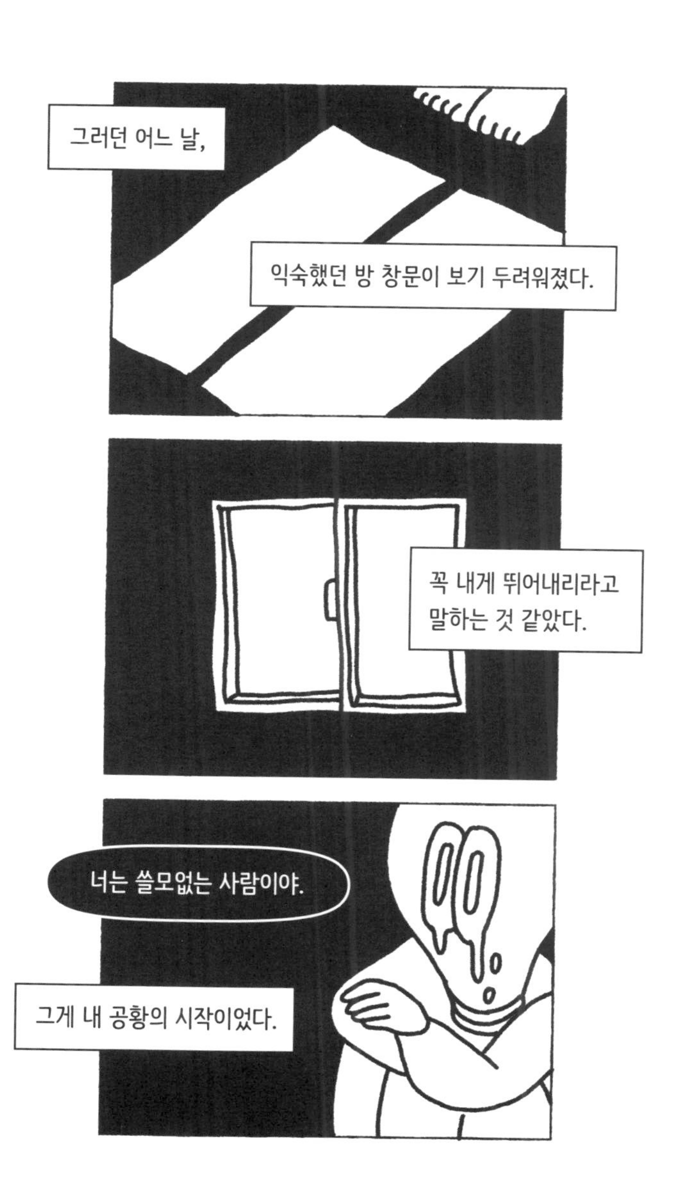
그러던 어느 날,
익숙했던 방 창문이 보기 두려워졌다.
꼭 내게 뛰어내리라고
말하는 것 같았다.
너는 쓸모없는 사람이야.
그게 내 공황의 시작이었다.

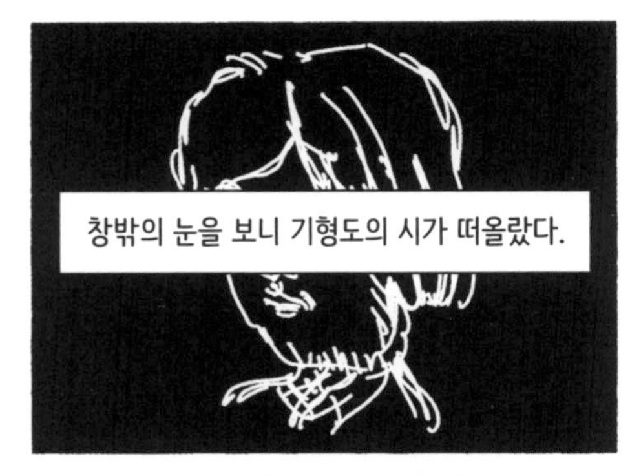
창밖의 눈을 보니 기형도의 시가 떠올랐다.

이런 것은 아니었다….
진눈깨비.

맞아. 이런 것은 아니었는데.

창밖에는 나의 조각들이

진눈깨비처럼

지저분하게 흩날리고 있었다.

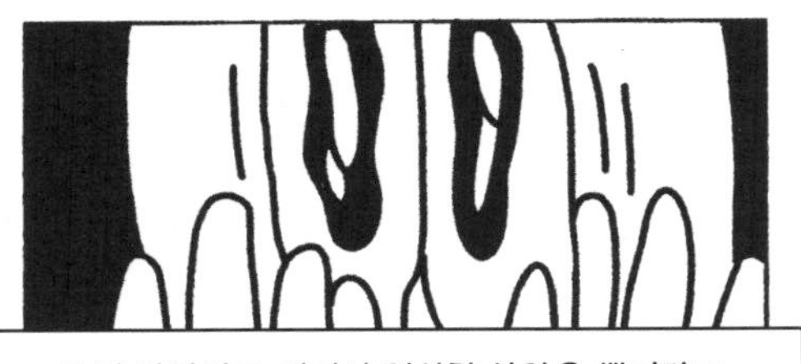
그저 사랑받고 싶어서 열심히 살았을 뿐이라고.

그리고 싶던 그림이 뭐였는지도 까먹은 채로

회사에 열심히 다녔다고.

근데 겨우 이건가?
그림과 나는 어디에 있지?

병가로 2주간 회사를 쉬고 다시 복귀했다.
부장님, 저 퇴사하려고요.
그는 말 없이 고개를 끄덕였다.

1월 15일, 퇴사 날이 되었다.

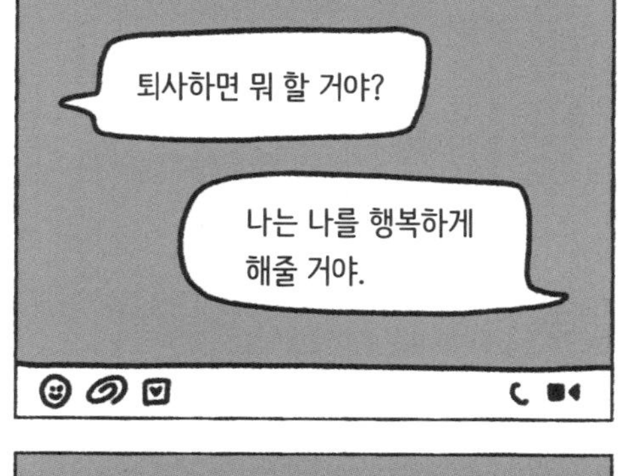
퇴사하면 뭐 할 거야?
나는 나를 행복하게 해줄 거야.

기분이 이상하다.

짐이 적네.

나는 예전부터 여기를 떠나고 싶었나 봐.

확신이 없는 스스로에게
이렇게 말했다.
내가 책임질게.
그냥 하고 싶은 대로 해.

이제 진짜 끝이다.
아니, 시작일까?
몰라, 일단 집에 가자.

조금 큰 청소

인간은 필요한 무언가가
없어서 괴로운 게 아니라
필요 없는 게
삶을 어지럽혀서 괴로운 거라고 생각해.
이럴 때는 청소가 필요해.

퇴사도 다르지 않다.
삶에서 조금 큰 청소를 하는 거야.
사직서

그렇게 생각하면 마음이 담담해진다.

하지만 종종 곁에 아무도 없다는 생각이 들어서,

치울 것도 없이
그냥 혼자인 것 같아서
오늘도 할 일이 없네.
이럴 때의 막막함은 어떻게 해야 할지 모르겠다.

새로운 다짐

* 본명 이연수에서 단순 돌림자인 '수'를 빼고 '연'을 새로운 이름으로 삼았다.
새로 정한 '연'은 '펼칠 연' 자를 쓴다.

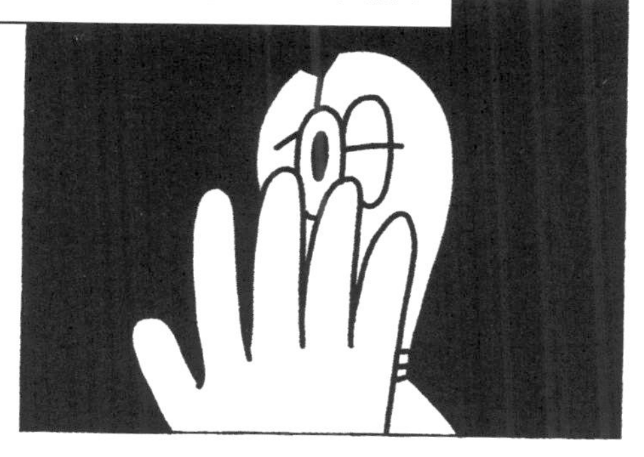
회사를 다니며 그림을 놓은 지 오래되었다.

그림은 남들이 좋다고 하는 길이 아니었거든.

그 길을 고흐는 '개의 길'이라고 불렀다.

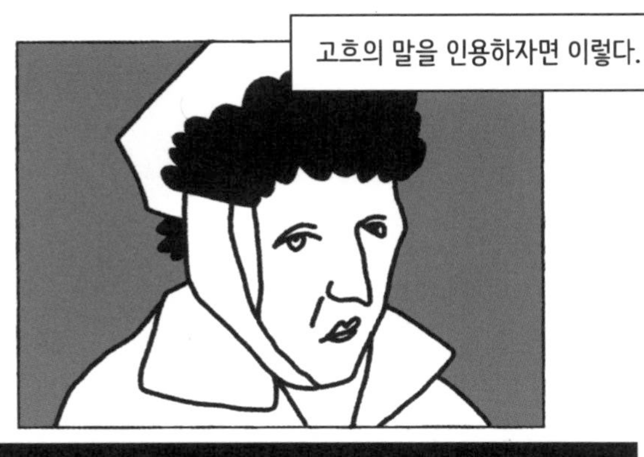
고흐의 말을 인용하자면 이렇다.

예술은 질투가 많다. 두 번째로 밀려나는 것을 용서하지 않는다.

...
나는 그림을 그려야 하는 사람인데

창작자의 의무를 모른 체하며 살다가

이도 저도 아닌 삶을 형벌로 받은 것이다.
바보 녀석.

고흐는 동생에게 보내는 편지에 이렇게 적었다.
나는 그 개의 길을 택했다는 걸 너에게 말해주고 싶다.

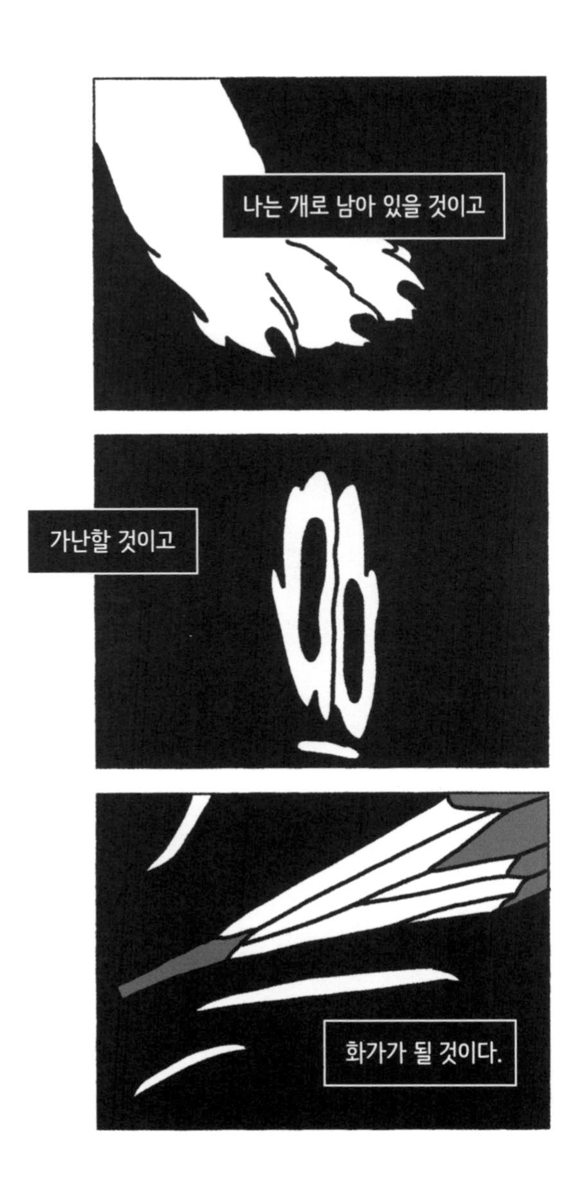
나는 개로 남아 있을 것이고
가난할 것이고
화가가 될 것이다.

퇴사 후 '개의 길'을 앞두고 남기는 나의 다짐.
비겁하게 도망치지 말자.
다시 그림을 그리자.

명함 만들기

언제나 '내' 명함이라고 부를 수 있는
그런 명함을 갖고 싶었는데

그런 명함은 한 장도 없었다.

그래서 전부 버렸다.

명함이 생긴다고 꿈을 이룬 것도 아니고

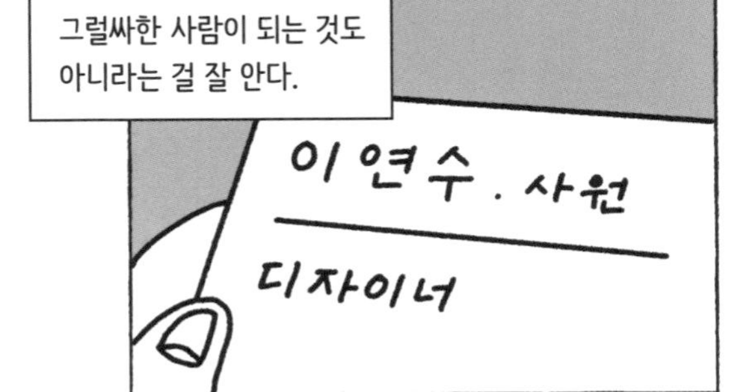
그럴싸한 사람이 되는 것도
아니라는 걸 잘 안다.
이연수 . 사원
디자이너

그럼에도 다시 또 새로운 명함을 만든다.

이번에 만든 명함에는
소속과 직함이 없다.
차라리 믿을 것 하나 없는
나에게 소속되고 싶어.
그게 나의 길이라 믿는다.

‘나에게 소속된다는 것’은

공원에 산책을 갔는데 나무 사이 벤치 한편에 숲속 도서관이 보였다. 그것은 낡은 지붕을 가진 나무 책장이었다. 어떻게 열어야 하는지 알 수 없는 미묘한 모양새로 닫혀 있었는데 설마 그냥 열릴까 싶어서 쓱 만져봤더니 아무런 열쇠도 필요 없이 스르르 열렸다. 시민의 양심에 의해 운영되는 작은 도서관이었던 셈이다. 책장 속 책들은 전부 햇빛에 색이 바래 있었는데, 사람들이 이 도서관에 관심 없는 것을 증명하듯 책의 상태는 대체로 꽤 온전했다. 책등을 쭉 살펴보다가 데일 카네기의 《카네기 인생론》이 꽂혀 있어서 꺼내 들었다. 책날개에 적힌 저자 약력을 살펴보니 그는 1888년생으로 생각보다 더 옛날 사람이었다. 그럼에도 책 내용은 지금 봐도 전혀 손색이 없었다. 그중 특히 한 문장이 내 마음을 강하게 울렸다.

“너는 데일 카네기가 되어라. 다른 사람의 한계에 신경 쓰지 마라. 너는 자기 자신 이외의 것은 될 수 없다.”

이 문장 속 '데일 카네기'에 각자의 이름을 집어넣어도 틀림이 없는 문장이다. 우리는 자기 자신일 뿐이기에 남이 될 수 없고, 그것만으로도 몹시 충분하지만 그 사실을 자주 잊고 산다. 나 또한 20대 중반까지 항상 내가 아닌 사람이 되고 싶었다. 이를테면 디자이너가 되거나, 적당한 나이에 행복한 결혼을 하는 것 등이 당시에 내가 꿈꿨던 모습이다. 지금은 그 모든 게 허상임을 안다.

디자인을 6년이나 하고 깨달은 사실인데 나는 디자이너에 걸맞지 않은 사람이다. 언제나 내가 하는 모든 것들이 흉내라는 느낌을 자주 받았다. 그래도 나름 대기업 디자이너로 일한 경험이 있으니 흉내치고는 잘해온 셈이다. 하지만 그에 대한 피로는 온전히 내가 감당할 몫이었다. 그 피로는 내가 연기를 하고 있다는 자각뿐 아니라, 나만 진짜가 아니라는 부끄러움에서 왔다. 이따금 동료들에게 디자인이 재미있냐고 물었다. 디자인을 잘하는 동료들의 대답은 한결같았다. 디자인이 너무 재미있다고. 그 대답이 내게는 너무나 슬프게 들렸다. 나는 아무리 애써도 디자인이 재미없었다.

적당한 나이에 결혼해서 행복하게 사는 모습도 지금의 나는 상상할 수 없다. 타인의 코골이를 듣는 대신 혼자서 이기적인 숙면을 취하고 싶고, 누군가와 생활 공간을 나누기보다는 내가 통제할 수 있는 방에서 일관된 컨디션으로 지내고 싶다. 누군가는 그런 말을 했다. 결혼이라는 건 영영 나의 일부를 포기하는 일이라고. 나는 그런 일이 너무 겁나는 사람이다. 이기적이라는 비난을 기꺼이 감수하고 싶을 정도로 내게는 그런 미래가 두렵다. 남들은 시간이 지나면 알아서 결혼한다고 하지만 시간이 지날수록 결혼율과 출산율이 줄어드는 사회 행태를 보아하니 결혼이라는 게 꼭 그렇게 '자연스러운' 일도 아니라는 생각이 든다.

동시에 '내가 되는 일'은 더욱이 아니라는 예감이 든다.

내가 된다는 것의 의미는 단순하다. 흉내를 그만두고 내가 나일 수 있는 일을 하는 것이다. 한낮의 로데오거리를 걷다가 문득 놀라운 사실을 발견했다. 양쪽에 일렬로 늘어선 가게에서 일하는 모두가 자영업자였다. 다들 회사원이 아니었다. 지하철을 탔다. 이 시간에도 회사에 가지 않는 사람들이 있었다. 나도 그 증거의 일부였다. 세상에 너무나 많은 삶의 방식이 있다는 것을 깨달았다. 꼭 회사에 소속될 필요는 없던 것이다. 그때부터 질문이 조금 더 날렵해졌다. '그러면 내게 맞는 삶의 방식은 무엇인가?' 내 삶의 방식을 존중해주고 환경을 제공해주는 조직은 없었다. 없으니

포기할 게 아니라 만들기라도 해야 하는 것이었다. 지금은 이연 스튜디오라는 개인 사업에서 대표 자리를 유지하고 있다. 사무실은 혼자 쓴다. 편집자와는 프리랜서 계약 관계라서 사실상 직원은 나 혼자다. 이연 스튜디오는 내가 몸담아온 회사 중 가장 작다. 근데 여기가 내게 가장 잘 맞다. 그리고 벌이도 가장 괜찮다.

외부에 소속이 없는 것에 너무 두려움을 갖지 않아도 된다. 스스로가 만든 세계가 생각보다 잘 맞을 수도 있다. 내가 지금 이연으로 사랑받는 이유는 그림을 그리고, 이야기를 하고, 글을 쓰기 때문이다. 이 일들을 하면서는 단 한순간도 흉내를 낸다는 생각을 한 적이 없다. 그런 일을 하면 된다. 남들 보기에 멋진 일을 흉내 내는 사람보다, 스스로에게 맞는 재미있는 일을 해나가는 행복한 사람이 되는 것. 나에게 소속된다는 건 그런 일이다.

나도 누군가에게는

* Radiohead 'Creep' 중에서

라디오헤드의 노래 'Creep'을 들으면
꼭 내 이야기 같다.

"Fuckin' special"한 사람도 찌질이 시절이 있었을까?

나도 몇 번은 누군가에게
반짝여 보였겠지.

인스타그램을 지웠다

나는 도파민이 남들보다 부족한 사람이다.
어릴 때부터 칭찬이나 관심을
많이 받아야 마음이 놓였다.
그래서 그림을 그렸다.
그러면 늘 칭찬받을 수 있었으니까.

그랬던 내가 커서, 회사를 관두고 그냥 집에 누워 있다.

칭찬해줄 사람들이 이제는 곁에 없다.

칭찬도, 인정도 없는 핸드폰 화면 속에서

나는 무엇을 찾고 있는 걸까?

다들 행복해 보인다.
짜증나.
심술에 인스타그램을 지웠다.

기분이 훨씬 낫다.
소식 없는 핸드폰이 가볍게 느껴진다.
도파민이 없어도 괜찮아.
스스로 행복을 찾을 것이다.

내게로 오는 길

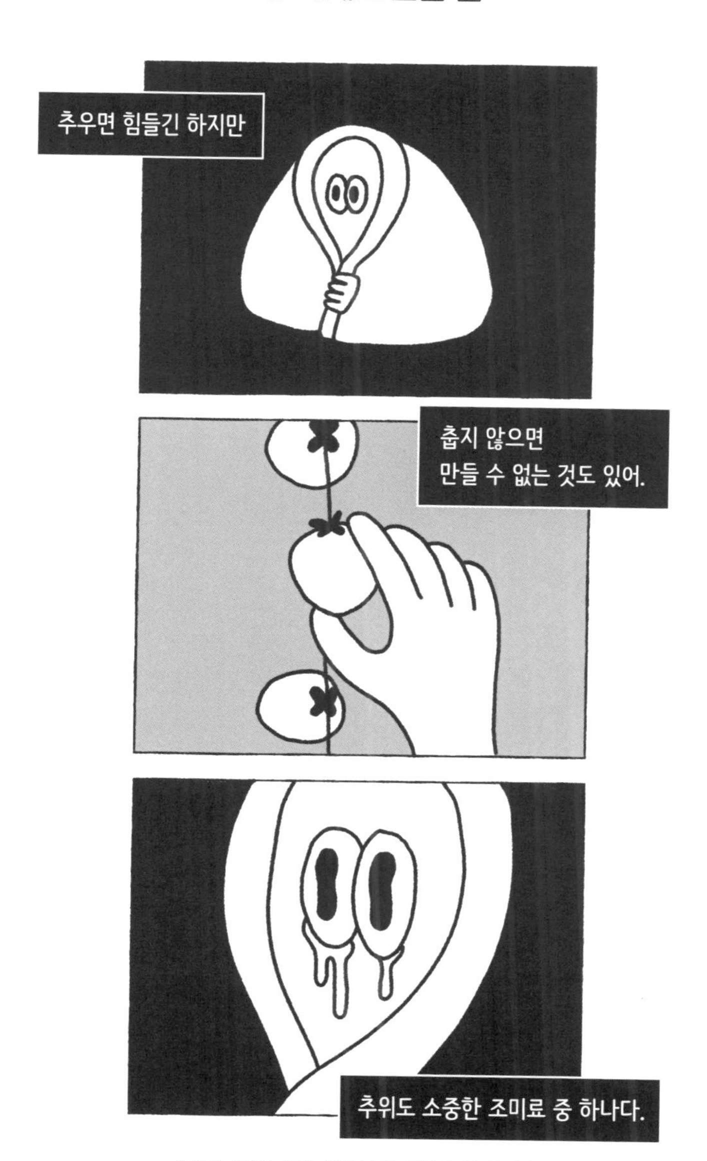

* 모리 준이치 〈리틀 포레스트 2: 겨울과 봄〉 중에서

겨울이 추워서 싫었는데
생각해보니
따뜻한 것이 유난히 많은 계절이기도 하다.
이를테면 온수매트와 난방텐트
그리고 귤.

어떤 상황에서든
행복할 수 있다는 사실을 알았고
나의 겨울도 전부 사랑하기로 했는데

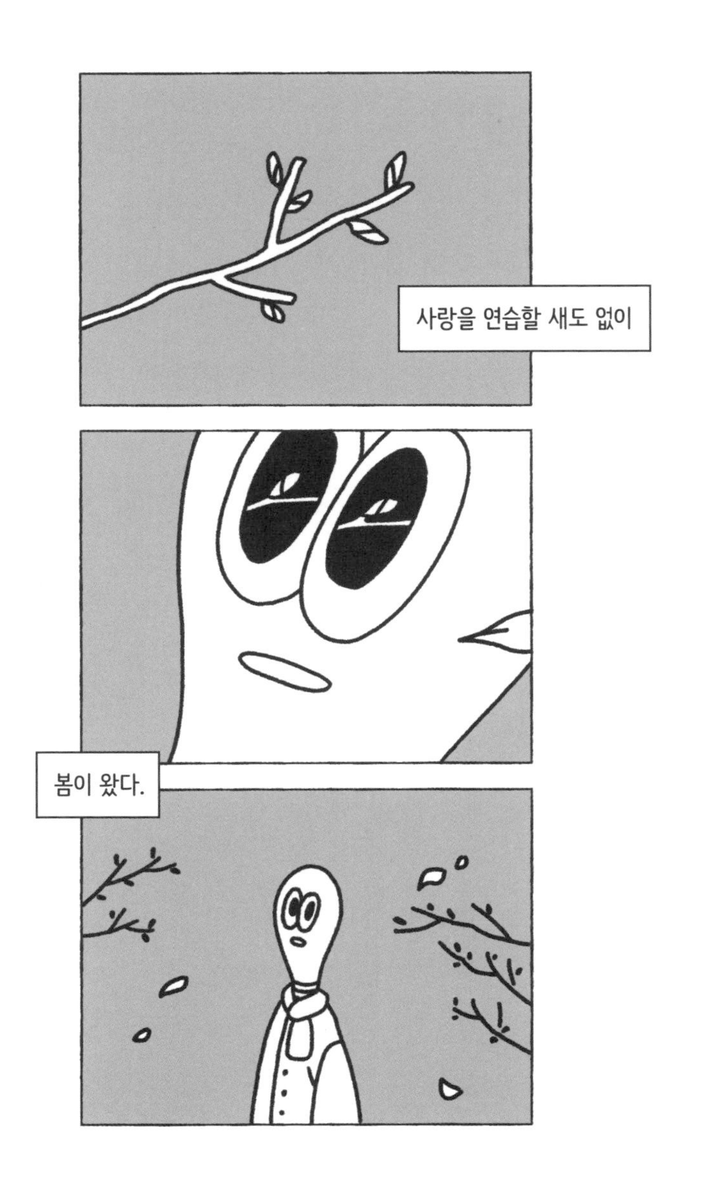
사랑을 연습할 새도 없이
봄이 왔다.

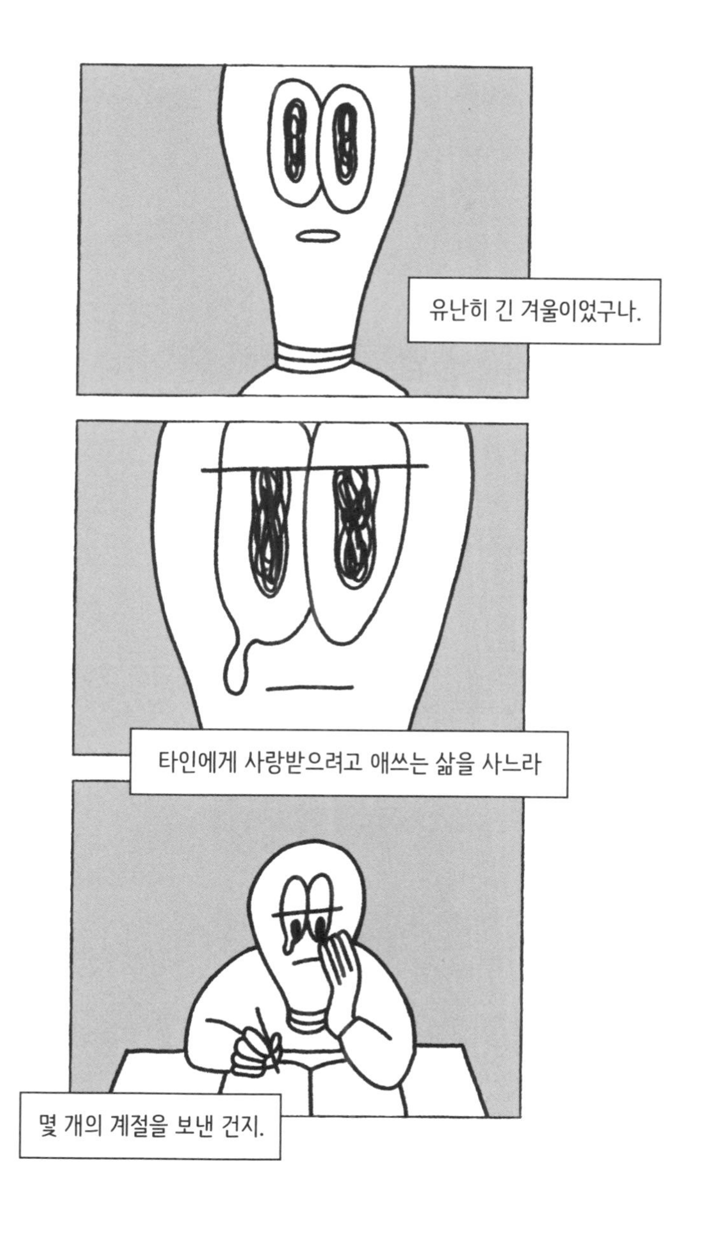
유난히 긴 겨울이었구나.
타인에게 사랑받으려고 애쓰는 삶을 사느라
몇 개의 계절을 보낸 건지.

내게로
오는 길이
너무도 멀었다

늦어서 미안.

기다리고 있었어.

누가 나를 가장 걱정해줄 수 있을까?

나는 늘 외적 동기로 움직이는 사람이었다. 정확히는 그게 내적 동기보다 더 가치 있고 중요하다고 여겼다. 자신의 판단에 크게 관심 갖지 않았고, 그래서 무언가가 하고 싶다는 생각 혹은 하기 싫다는 생각이 들어도 그게 내 생각이라는 이유로 가벼이 여겼다. 대신 사람들의 인정과 칭찬, 또 그들이 옳다고 하는 길을 열렬히 믿었다. 개인보다는 커다란 집단의 생각이 더 현명할 것이라 여긴 것이었다.

그러나 나를 둘러싼 세계가 점점 넓어지면서 전보다 많은 요구사항들이 쏟아졌다. 고등학생 때는 대학교만 가면 다 해결될 것처럼 말했는데 대학교에 가니 책임질 것이 더 많아졌다. 대학생 때는 취업만 하면 정말 내 마음대로 할 수 있을 줄 알았는데 막상 월급을 받아보니 뭔가를 하기엔 턱없이 적은 금액이었다. 그럼 돈을 많이 벌면 그땐 정말 괜찮겠지 했지만 돈을 많이 버는 게 쉬울 리 없었다. 세상이 시키는 일들을 열심히 따랐는데 내게 주어진 것은 그것을 다 따르지 못했다는 패배감과 적은 월급뿐이었다.

동시에 세계가 점차 개인적인 영역으로 좁혀졌다. 가족과 함께 살던 10대를 지나, 기숙사에서 룸메이트와 살던 20대 초반을 거쳐 20대 중반부터는 혼자 살게 되었다. 이게 내게는 꽤 큰 모순으로 느껴졌다. 사회생활을 하며 세계는 전보다 넓어졌는데 정작 하루의 반은 아주 고립된 채로 지내게 된 것이다. 쏟아지는 세상의 요구만큼 그에 흔들리는 내면의 소리도 점점 커졌다. 과연 누구의 말이 맞는 걸까? 내 20대는 그 말들에 이리저리 흔들리는 시간이었다. 우울증이 극심했던 어느 날, 거울을 보며 울고 있는 내게 질문을 했다.

'누가 이 못난 나를 걱정해줄까?'

망설일 필요도 없이 1초 만에 답이 나왔다. 그 사람은 거울 속에 있는 바로 나였다. 우는 내 얼굴을 보며 마음속의 내가 슬퍼하고 있었다. 흐르는 눈물을 닦고 나를 달랬다. 미안. 앞으로는 자신의 말을 더 많이 듣고, 존중하고, 사랑해줄게. 그 이후로 내면의 소리에 귀를 기울이기 시작했다. 내가 정말로 좋아하는 것과 싫어하는 것을 진심을 다해 물었다. 그리고 그에 대답하듯 행

동했다. 그러니 내가 하는 일과 만나는 사람, 먹는 음식과 습관이 바뀌었다. 슬픔이 점점 옅어지고 생기 있는 미소가 돌며, 나는 나다워졌다.

종종 누군가 이런 참견의 댓글을 단다. '당신은 너무 기준이 높아서 연애하기는 힘들 거야.' 상관없다. 연인쯤이야 없어도 된다. 지금의 나는 나 자신으로 살아가고 있기 때문에 연인이 없는 스스로를 반쪽으로 여기지 않고, 나 혼자만으로도 온전한 충만을 느낀다. 또 솔직히 이런 자신감도 있다. 나처럼 혼자서도 당당하고 선명한 사람이 정말로 매력적이라는 확신. 그리고 염려와 달리 항상 인기가 많으니 걱정하지 마시길!

수영을 배워보기로 했다

퇴사 후 가장 먼저 해야 할 일은
건강을 회복하는 것이었다.

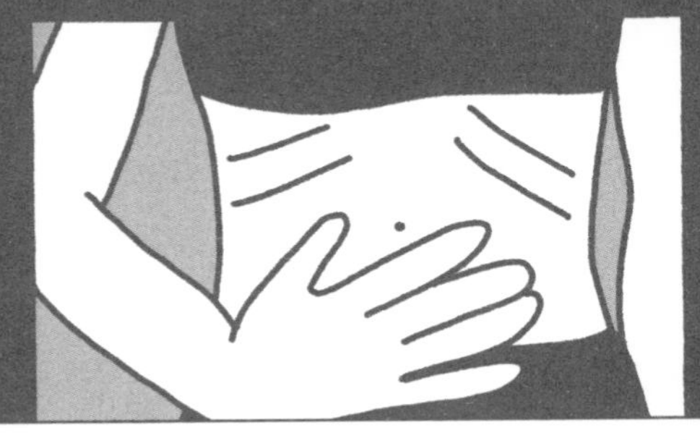
하지만 막상 알아보니 운동 학원은 생각보다 비쌌다.

매일 할 수 있으면서
저렴하고 재밌는 운동이 있을까?

수영이 내가 알아본 운동 중에서 가장 저렴했다.

주 5회 66,000원.

나는 오전 10시 수영을 등록했다.

무료 셔틀버스를 타려면 서둘러 머리를 말려야 한다.

그래서 머리카락을 짧게 잘랐다.

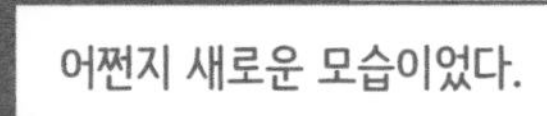

물 밖의 호흡법

첫 수업에서 숨쉬기를 배웠다.

내가 반에서 제일 느려.
항상 숨이 차다.
이런 것도 익숙해질까?

별안간 선생님이 내 머리를 물속으로 집어넣었다.
숨이 찰 때는 산소가 필요한 게 아니에요.

이산화탄소가 몸속에 많은 거니 도리어 내뱉어야 해요.

아, 어쩌면 내 삶도
뭔가가 부족해서 숨이 찬 게 아니었을지도 몰라.

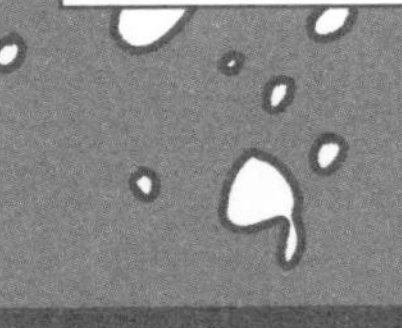
내가 뱉어야 하는 것들을 생각한다.

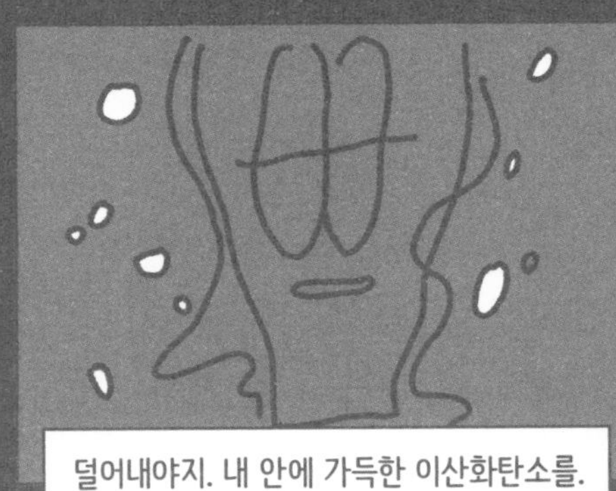
덜어내야지. 내 안에 가득한 이산화탄소를.

살려주세요

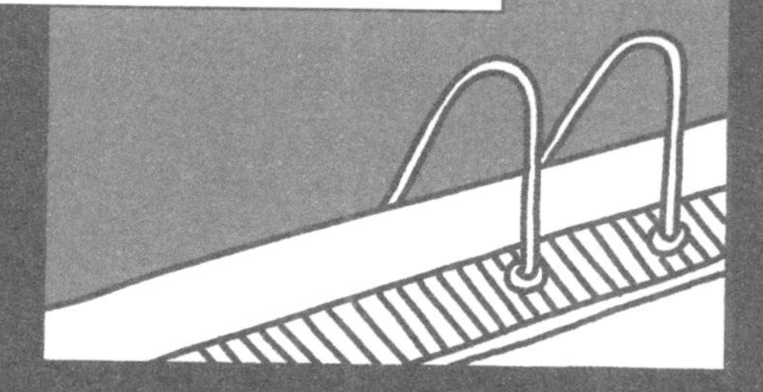

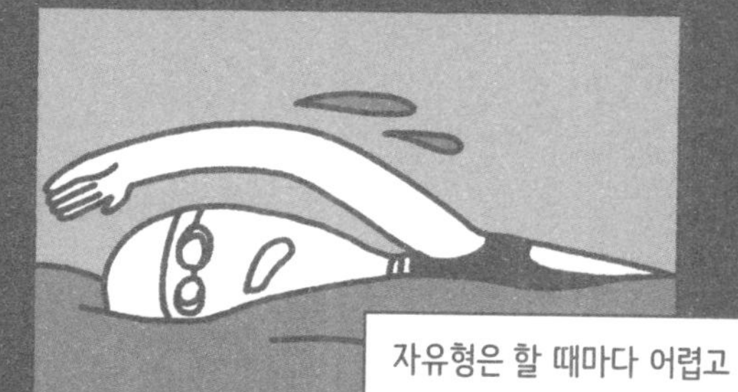

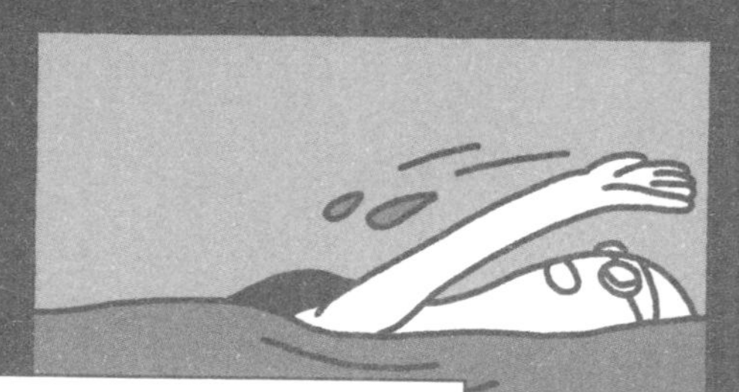

평영은 재미있다. 내가 제일 잘하는 영법인 것 같다.

할 때마다 자세가 살려달라고 하는 몸부림처럼 보인다.

2장

봄

나의 다정은 후천적이야.

백수의 기분

회사를 나온 후
대단한 일은 없지만 그래도 나름 바쁘게 지낸다.
수영
시안 마무리
메일 답신
장보기
그럼에도 하루엔 꼭 영원 같은 순간이 있지.
4시의 해를 받으며 낮잠을 청할 때 생각해.

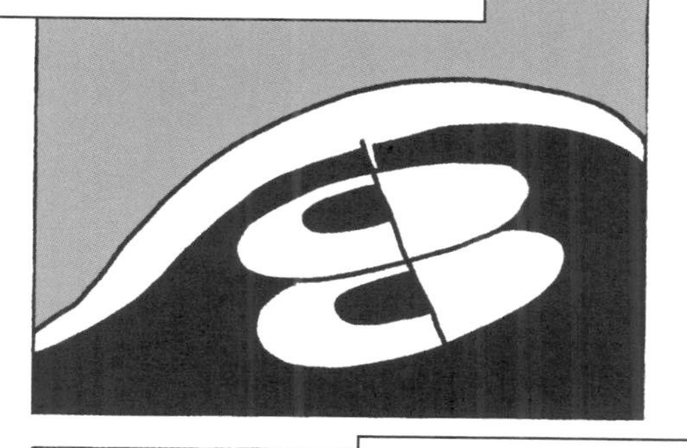
옛날에 나는 이런 순간을 꿈꿨던 것 같다고.

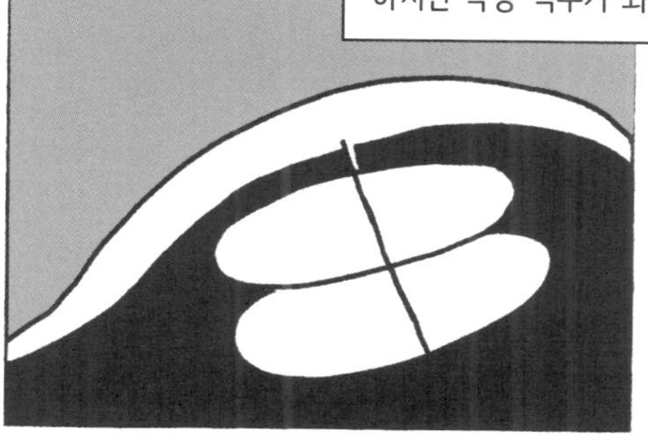
하지만 막상 백수가 되어보니

해가 너무 밝아서 부끄러운 기분이 들어.

직업이 뭔가요?

그럼 뭐죠?
뭐긴, 저는 저입니다만.
그런 대답은 석연치 않아할 걸 알기에

프리랜서요.
라는 말로 스무고개를 마쳤다.

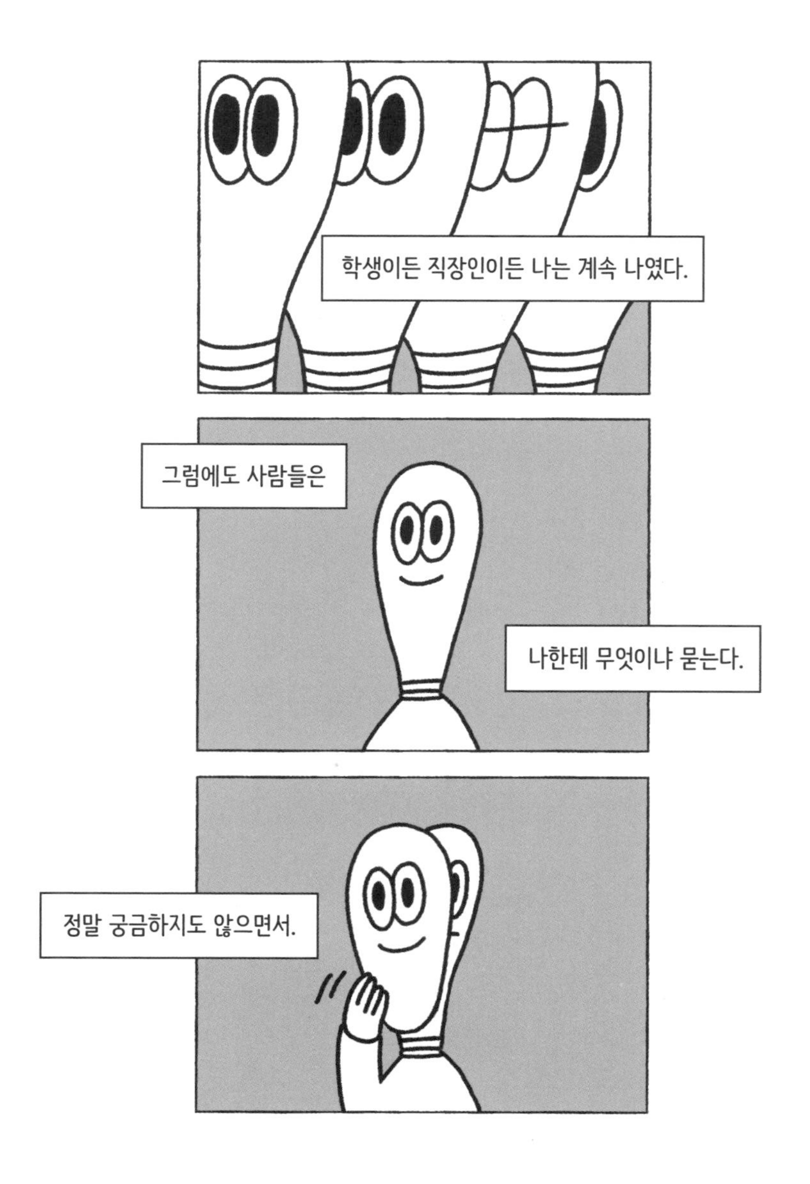
학생이든 직장인이든 나는 계속 나였다.
그럼에도 사람들은
나한테 무엇이냐 묻는다.
정말 궁금하지도 않으면서.

어른이의 눈물

영화 〈박하사탕〉을 봤다.
나 다시 돌아갈래!

“너 정말, 삶이 아름답다고 생각하니?”

흑흑….

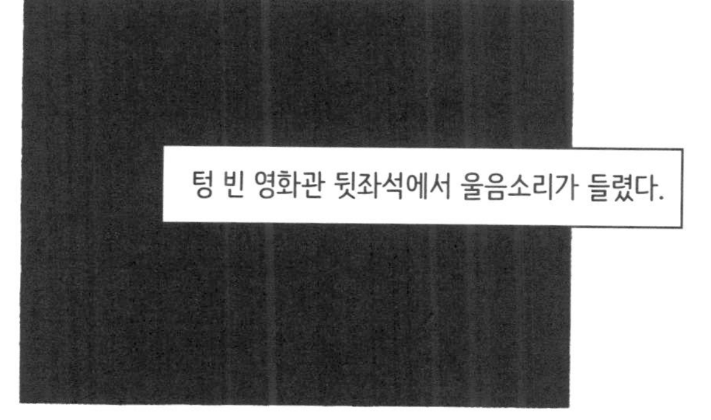
텅 빈 영화관 뒷좌석에서 울음소리가 들렸다.

어떤 어른의 대답이었다.

기억력의 다른 이름

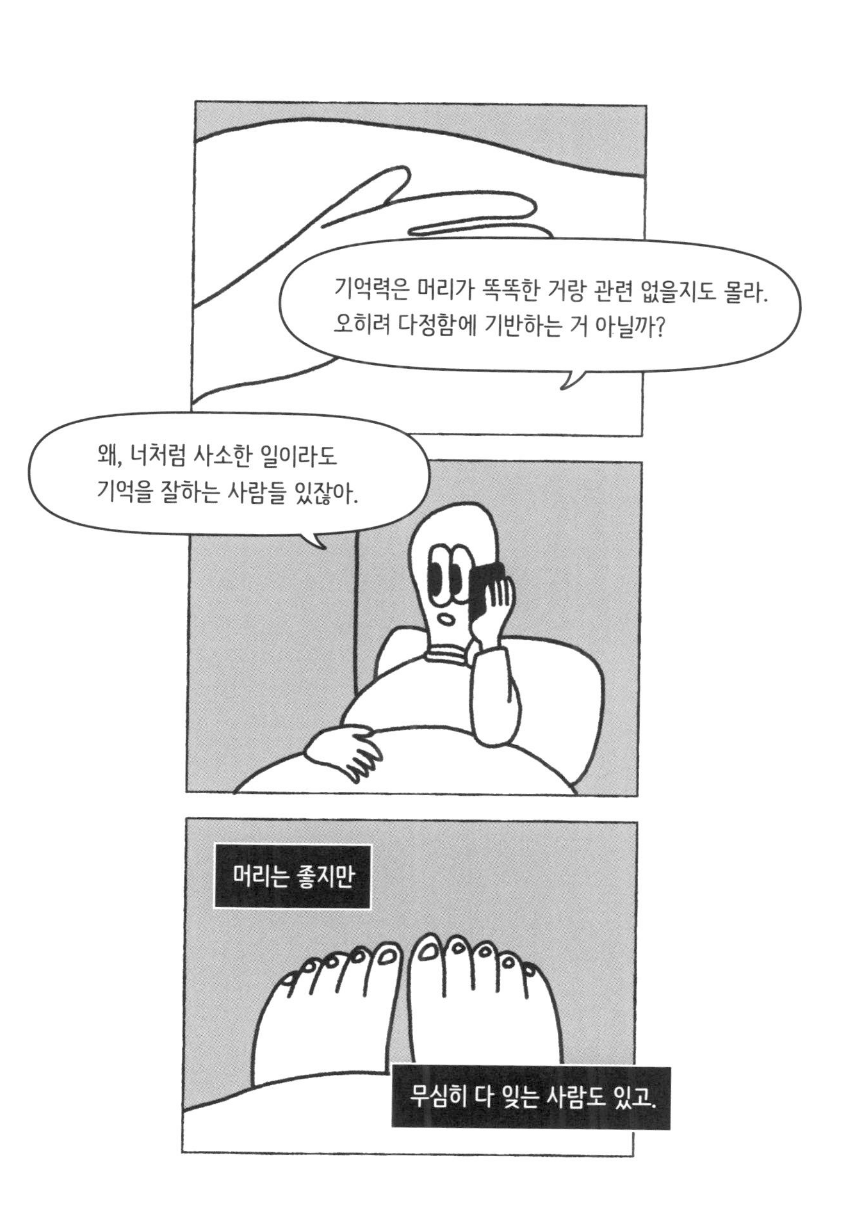
기억력은 머리가 똑똑한 거랑 관련 없을지도 몰라.
오히려 다정함에 기반하는 거 아닐까?
왜, 너처럼 사소한 일이라도
기억을 잘하는 사람들 있잖아.
머리는 좋지만
무심히 다 잊는 사람도 있고.

나의 다정함은 후천적이다

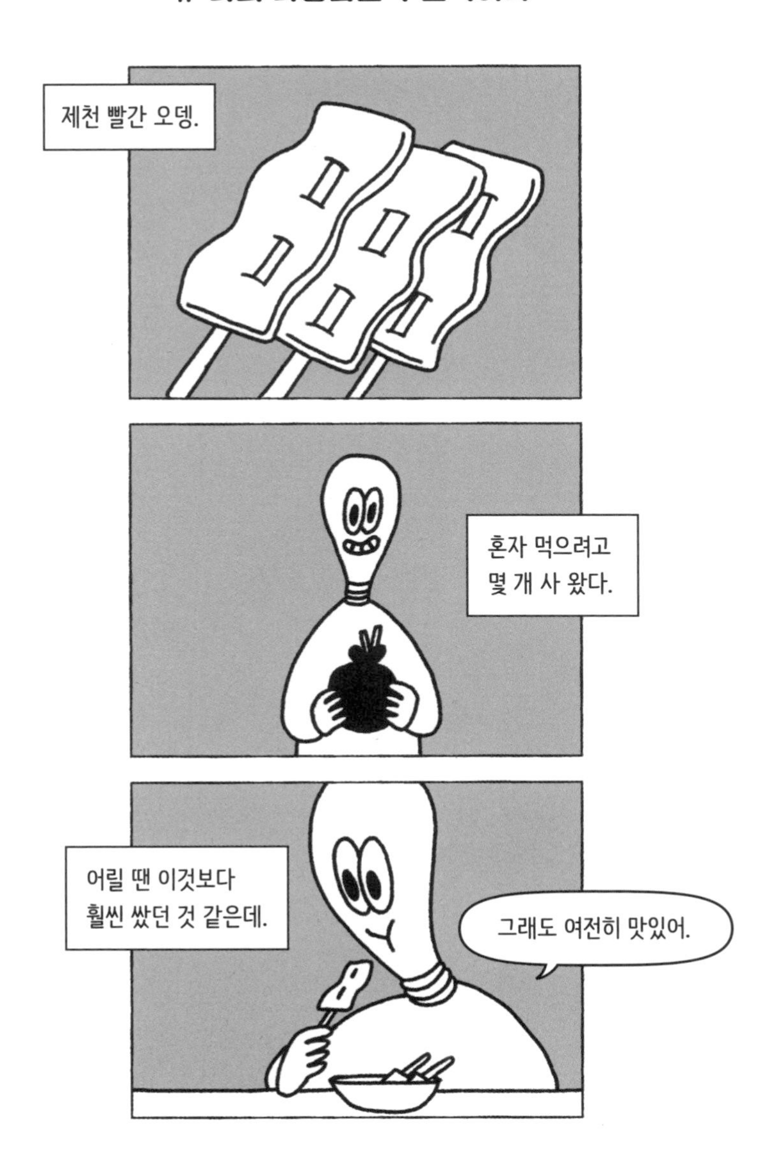

내가 살던 동네에는
틈새 분식점이 세 개 있었다.
XX 분식
△△ 분식
□□ 이모네
언니는 떡볶이를 다 먹고 싱크대에 놓고 가면
아줌마가 좋아하신다고 속닥였다.
그래서 항상 싱크대에
떡볶이 그릇을 놓고 왔지.

아주머니는 늘
환하게 웃었다.
아이고 고마워라~
사실은 그를 위하는
마음이라기보다는
칭찬이 마냥 좋았다.
그런 멋모르고 베푼 다정과

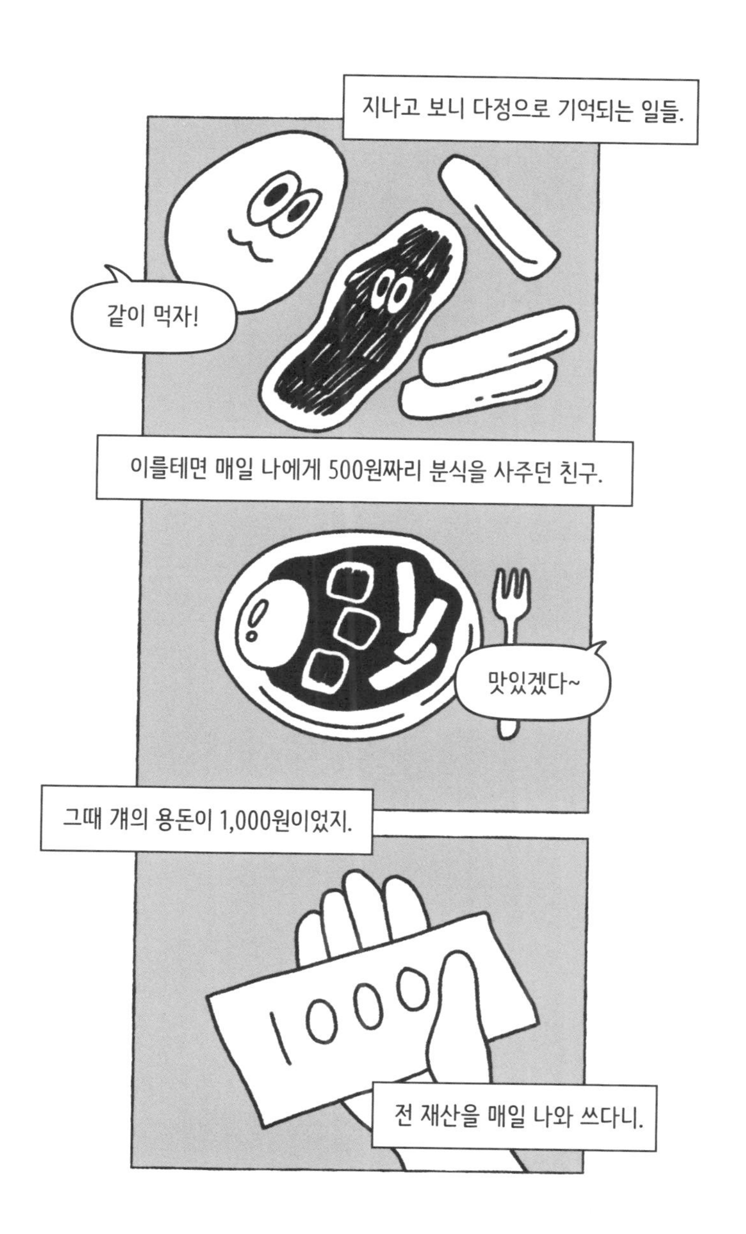
지나고 보니 다정으로 기억되는 일들.
같이 먹자!
이를테면 매일 나에게 500원짜리 분식을 사주던 친구.
맛있겠다~
그때 걔의 용돈이 1,000원이었지.
1000
전 재산을 매일 나와 쓰다니.

마음의 온기.

나의 다정은
아무리 생각해도
후천적이다.

받은 사랑에서 배웠다.

다정한 사람

다정한 사람이라는 얘기를 자주 듣는다. 그런 나도 전에는 다정에 의식적인 훈련을 필요로 했는데 현재는 자율신경의 영역으로 넘어가서 딱히 큰 자각 없이도 친절을 베푸는 것이 습관화되었다.

평범한 사람이 다정해지는 방법에는 두 가지가 있다. 다정한 사람들과 함께 지내는 것, 그리고 다정할 수 있는 여유를 가지는 것. 감사하게도 나는 다정한 사람들 속에서 자랐고, 후에는 금전적으로도 여유가 생겨 두 가지 행운을 모두 얻게 되었다. 이것을 나는 후천적 다정이라고 부른다. 대부분의 사람들이 후천적으로 다정을 익히고 다듬는 것 같다.

예를 들자면 예전엔 꽃을 싫어했다. 필요도 없었고, 꽃을 좋아하는 건 사치라고 생각했다. 그런데 지금은 꽃을 좋아한다. 꽃을 좋아하게 된 계기는 단순하다. 꽃 선물을 많이 받아보니 꽃의 아름다움을 뒤늦게 알게 된 것이다. 꽃도, 꽃을 준 사람의 마음도,

꽃과 인사하며 지내는 내 하루도, 언젠가 시들기 때문에 더욱 소중하다는 생각까지 전부 좋았다. 지금도 내 책상 왼쪽에는 주황색 카네이션이 있는데 바라만 봐도 예쁘고 몹시 기분이 좋다. 이제는 스스로 꽃을 살 정도로 꽃을 좋아하게 되었다.

다정은 이런 거라고 생각한다. 받기 전에는 사치라는 생각이 들거나 낯 뜨겁고 부끄럽다. 하지만 자꾸 받다 보면 그게 얼마나 따뜻하고 좋은 건지 알게 된다. 그리고 그걸 알게 해준 사람들에게 고마운 마음이 들고, 그걸 모르는 사람들에게 알게 해주고 싶어진다. 그렇게 다정을 나누는 것이다. 강형욱 훈련사의 이 말이 좋았다. "강아지에게 용서를 해주세요. 용서를 받아본 강아지가 다른 이들을 용서할 수 있게 돼요."

용서도 꽃 선물과 같은 다정의 한 종류 아닐까. 꽃을 받은 이는 그제야 비로소 꽃의 아름다움을 알게 된다. 그리고 그 마음은 세상을 향해 뻗어나간다. 세상이 내게 다정을 줬던 이유도 그와 같았을 것이다.

나는 잊히지 않을 거야

예전에 미술학원 다닐 때 친구들과 얘기를 나눠보면

놓인 환경은 다 제각각이지만

다들 각자의 삶 속에서 근신 중이었다.

자기 자신에게로 도피, 격리, 집중.

내게는 지난 5월이 그런 시기였다.
그때 이런 일기를 썼다.
나는
잊히지 않을거야
숨어 있지만, 나는 사실 기억되고 싶다고.

진주조개 같은 삶

그곳은 어떤가요 얼마나 적막하나요

저녁이면 여전히 노을이 지고

숲으로 가는 새들의 노래소리 들리나요

* 이창동 <시> 중에서

시간이 흐르고
꽃도 시들고

끝내 시가 뭐냐고 묻던 그녀만 시를 남기고 갔다.

진주조개 같은 삶.

조개는 죽었지만, 진주는 여전히 아름다운.

지우개의 의미

훌륭한 그림을 그리면
그 그림은 나보다 오래 살겠지?
그게 내가 영원히 사는 방법이라 믿었다.

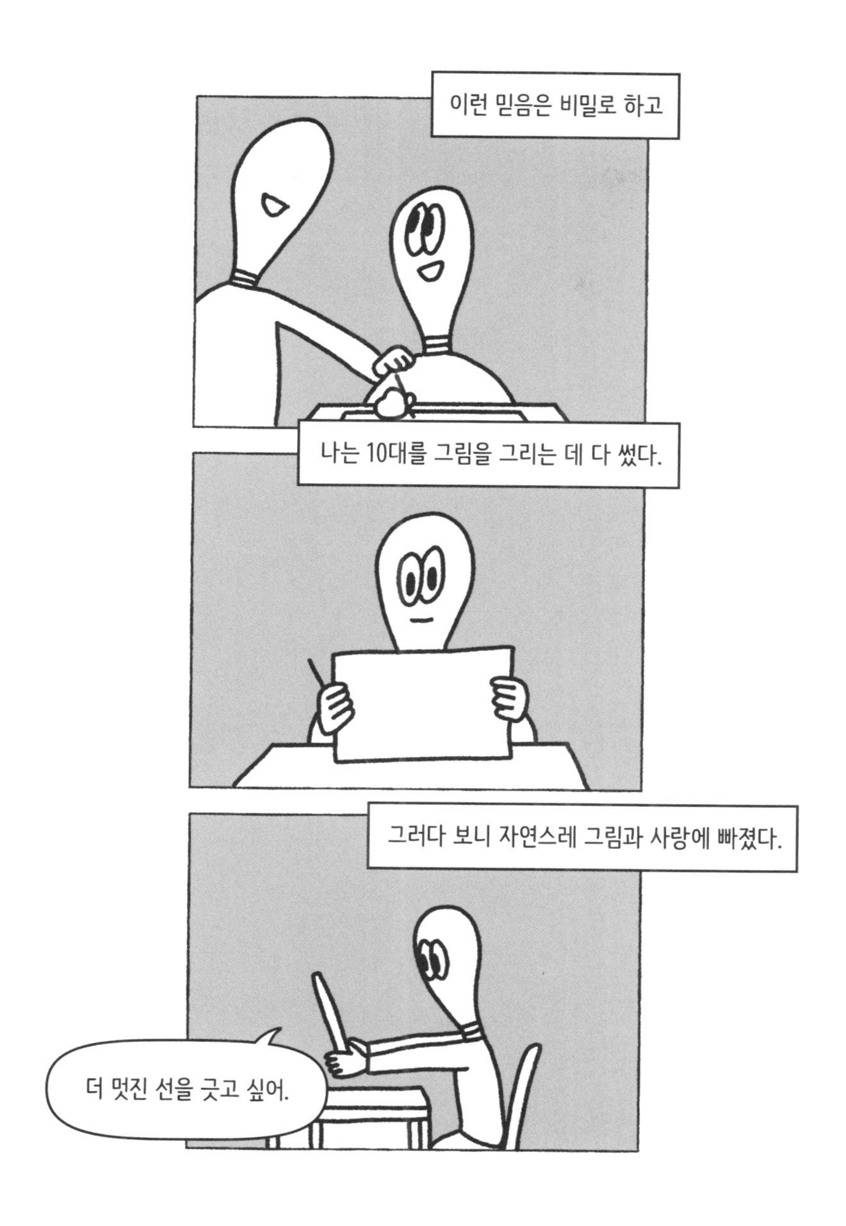
이런 믿음은 비밀로 하고
나는 10대를 그림을 그리는 데 다 썼다.
그러다 보니 자연스레 그림과 사랑에 빠졌다.
더 멋진 선을 긋고 싶어.

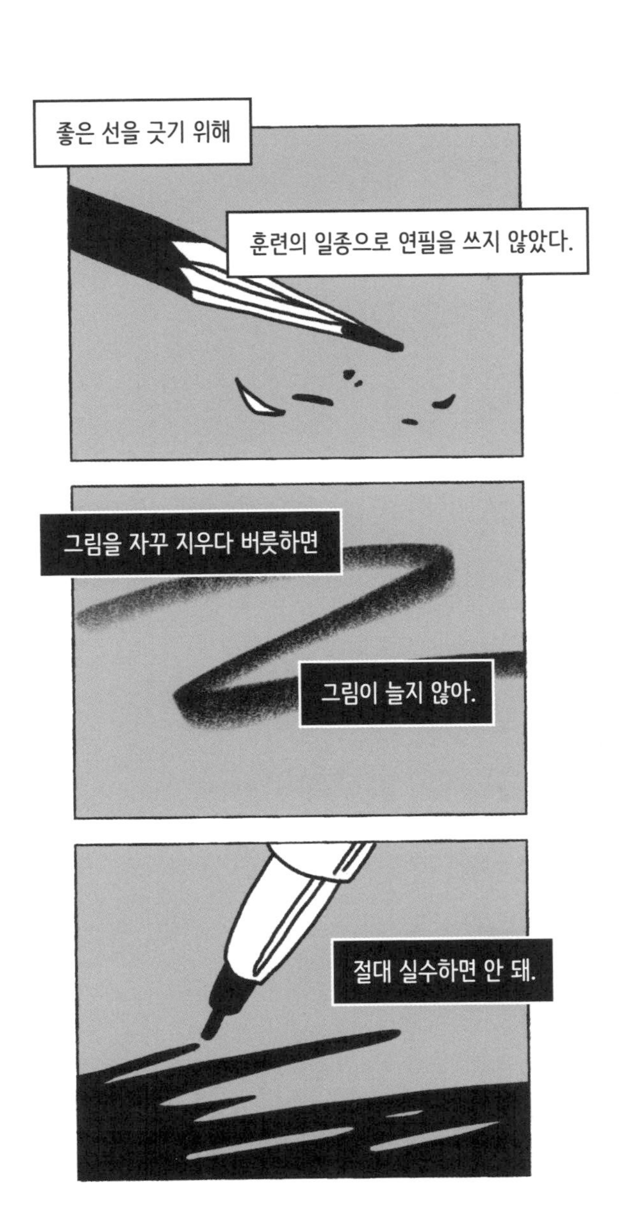
좋은 선을 긋기 위해
훈련의 일종으로 연필을 쓰지 않았다.
그림을 자꾸 지우다 버릇하면
그림이 늘지 않아.
절대 실수하면 안 돼.

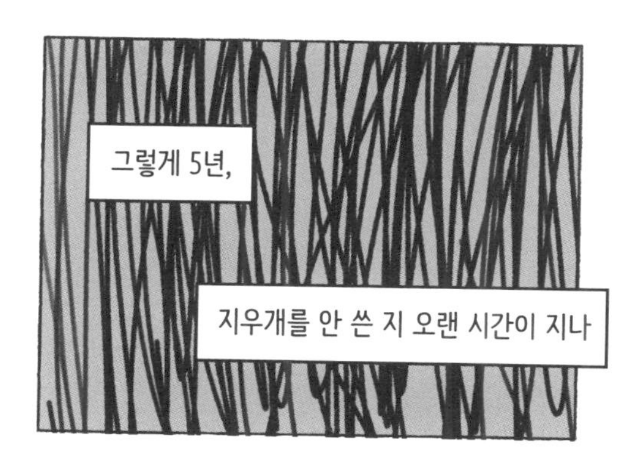
그렇게 5년,
지우개를 안 쓴 지 오랜 시간이 지나

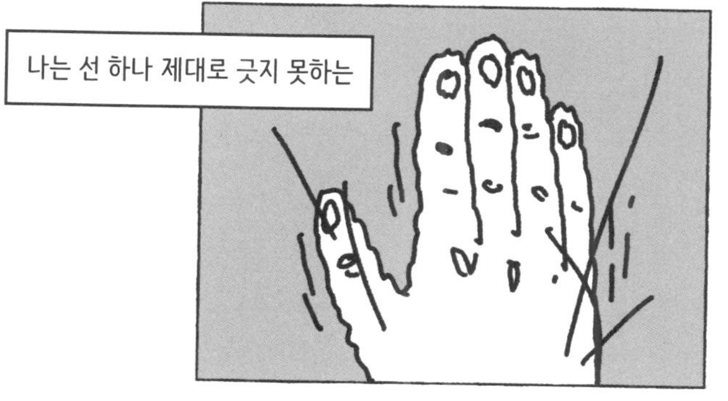
나는 선 하나 제대로 긋지 못하는

겁쟁이가 되었다.

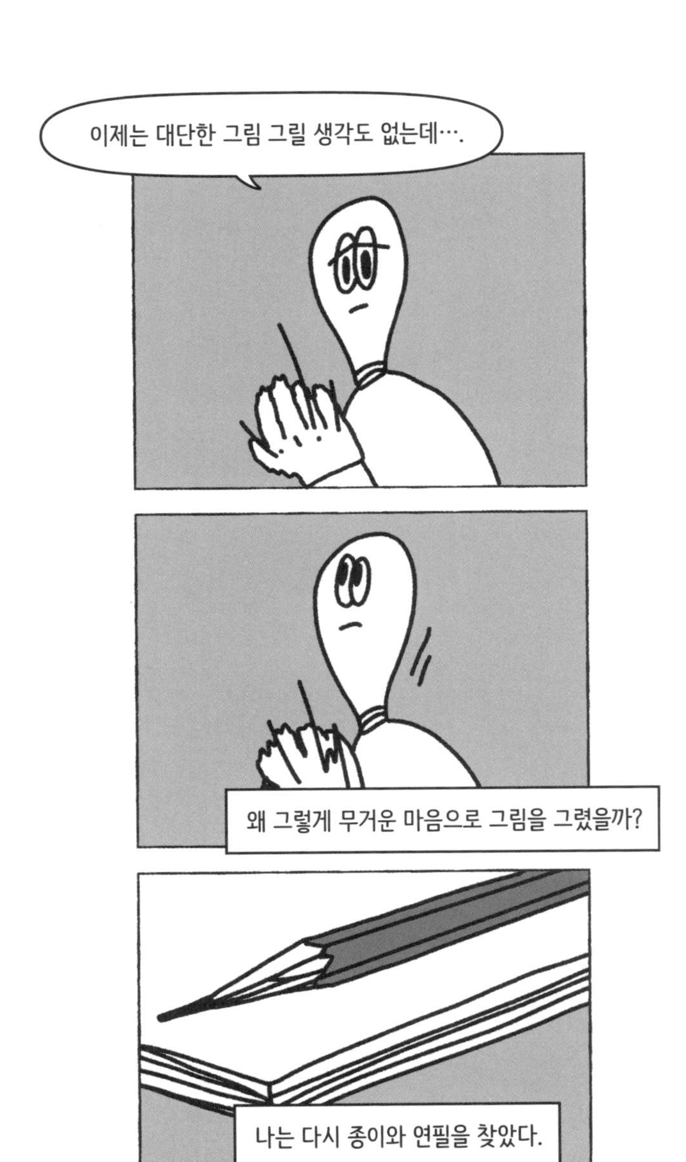
이제는 대단한 그림 그릴 생각도 없는데….
왜 그렇게 무거운 마음으로 그림을 그렸을까?
나는 다시 종이와 연필을 찾았다.

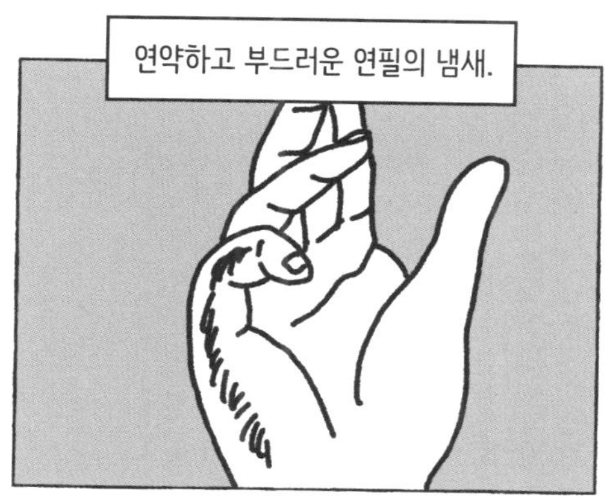
연약하고 부드러운 연필의 냄새.

연필은 쉽게 번지고 지워진다.
...
사실 지우개를 쓸 수 있다는 것은
틀린 선을 그었다는 뜻이 아니고

마음껏 틀려도 된다는 뜻이 아닐까?
영원한 그림을 그리지 않아도 괜찮다.

삶에서 누릴 수 없는 자유를 누리는 것.

이게 지금 내가 그림을 그리는 이유다.

내가 없어도

내가 그리우면 그림이나 일기를 찾아주면 좋겠다.
그것들 역시 진정 나와 다르지 않다.
그러니 내가 없다고 슬퍼하지 말아요.

내가 여기에 있었다

나는 동굴 벽화를 그린 사람들과 비슷한 심정으로 그림을 그린다. '내가 여기에 있었다'라는 증거 만들기. 동굴 벽화처럼 오래 간직될 수는 없겠지만 적어도 내 수명보다는 내 그림이나 글이 오래 남을 것이라는 기대를 품고 있다. 그 정도면 된다. 엄청 오래 살 생각은 없지만 여하튼 살아 있는 시간 동안에만 기억되고 싶지는 않다.

영화 <코코>에도 그런 이야기가 나온다. 죽은 후, 이승 사람들의 기억 속에서 잊히게 되면 그 영혼은 망자의 땅에서도 영영 사라지고 만다. 반면 프리다 칼로처럼 유명한 이는 망자의 땅에서 영생을 누린다. 망자의 땅에서도 75만 유튜브 크리에이터의 명성을 누리겠다는 욕심은 없지만 적어도 사후 10년이나 20년은 더 기억되면 좋겠다(솔직히 고백하자면 50년). 그래서 그림 말고도 목소리와 글 등 아주 많은 것들을 남기고 있다. 그것들이 종이를 넘어 사람들의 마음속에도 예쁜 흔적으로 남길 바라는 욕심이 있다. 그게 내가 세상에 머물렀다는 증거가 된다.

인간으로서 솔직한 소망을 풀어놓자면 오래 사는 것도 좋지만 오래 기억되고 싶다. 그것이 내게는 더 중요한 일이다. 내게 산다는 의미는 기억된다는 의미다. 그래서 작품을 만든다. 나의 조각을 남기기 위해서, 그리고 그 조각이 사람들 마음속에 남게 하기 위해서 말이다.

수영 실력이 는 이유

열세 바퀴를 돌았다.

선생님이 모두의 앞에서 나를 칭찬해줬다.

이 회원님은 네 달 동안
한 번도 결석을 하지 않았어요.

모두가 박수를 쳐줬다.

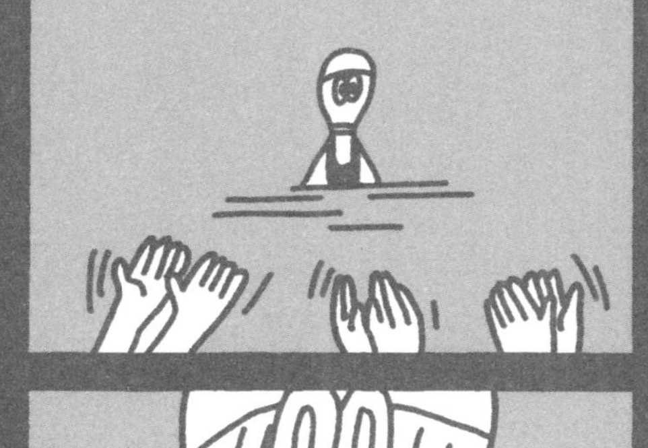

나는 얼굴이 빨개졌다.

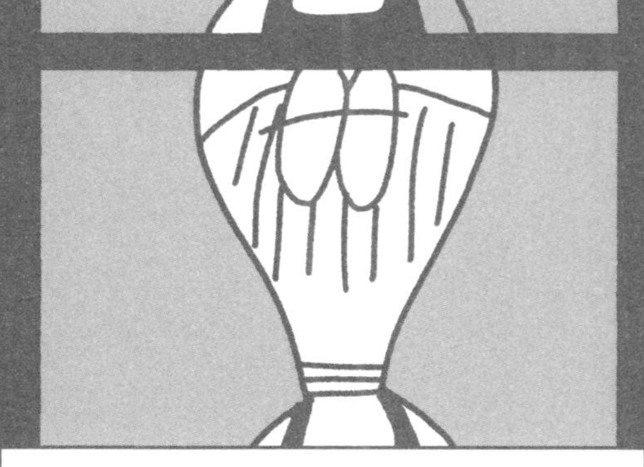

저는 워낙 한가해서 수영밖에 할 일이 없었는걸요.

강약조절

수영을 할 때
중요한 것은 단순하다.

힘을 효율적으로 쓰는 것이다.

힘을 주는 구간과

힘을 빼야 하는 구간을 잘 구분해야 한다.

물을 잡을 때는 힘을 빼고,

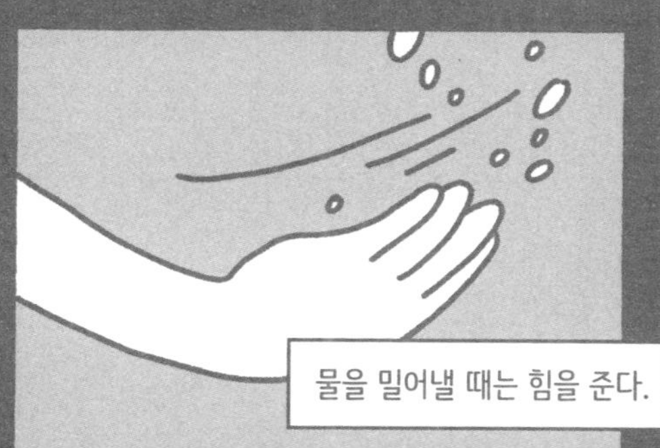
물을 밀어낼 때는 힘을 준다.

말이 쉽지….
하지만 나는 뻣뻣하게 내내 힘을 주고 수영한다.

할머니들이 웃는다.

아휴, 너무 힘들어요.

여기 와서 처음 알았다.

나 생각보다 젊고, 힘이 넘치는구나.

애를 써도…

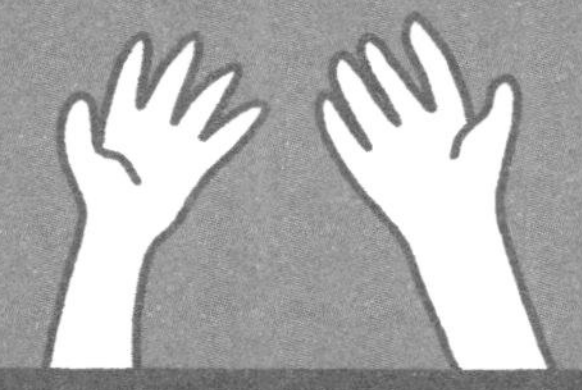

미숙하고 작은 내 손.

나도 멋지게 수영하고 싶다.

소용 있는 몸부림

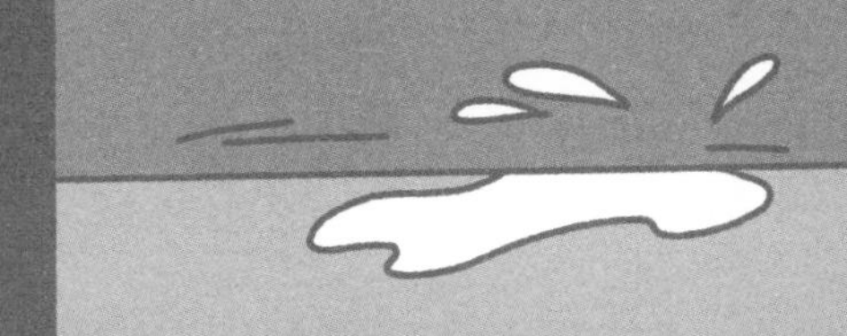

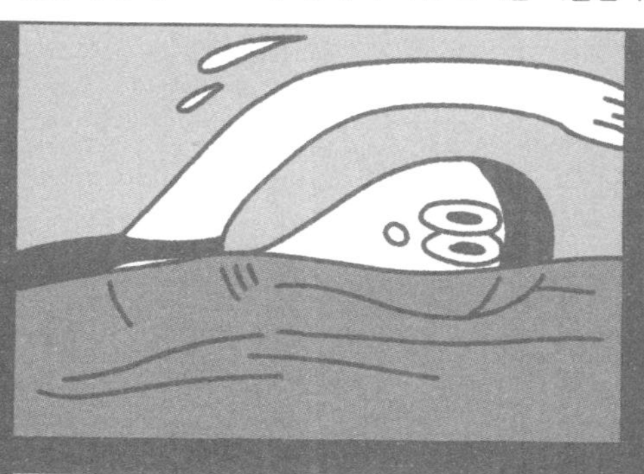
수영을 하면 나도 모르게 '경제적'이란 단어를 떠올린다.

동작을 제대로 하면
힘을 덜 쓰고도 멀리 갈 수 있다.

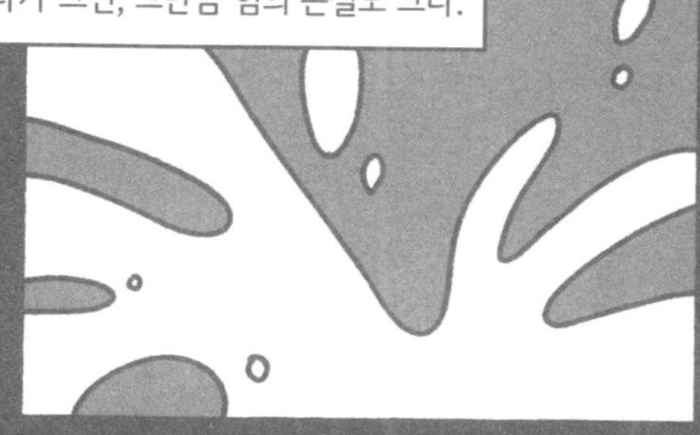
물보라가 크면, 그만큼 힘의 손실도 크다.

물을 멀리 밀어내는 발차기를 하여

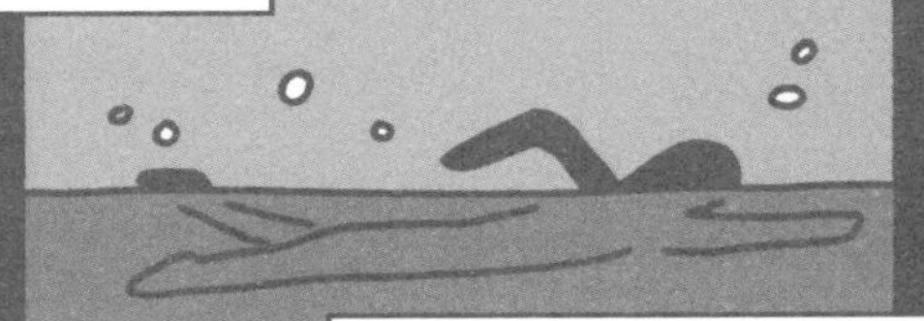
아주 경제적으로
소용 있는 몸부림을 해내길 소망한다.

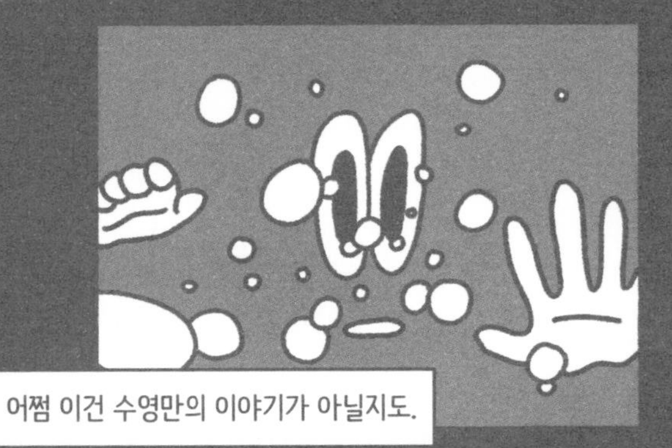
어쩜 이건 수영만의 이야기가 아닐지도.

3장

여름

마음이 비 맞지 않기를.

여름이 왔다

계절의 순서

여름에서 시작해 가을, 겨울을 지나

봄으로 끝나는 이야기

큰 안도에 울고 싶은 기분이 든다.
이제 시작이야….

초여름 장마

반년이 지났다

힘을 더 빼도 되겠다.
연수야.
언제나 나는 가야 할 곳에
어, 지금 갈게.
더 소중한 사람과 머물 테니까.

퇴근길 대신 산책길

가끔은 산책길이 멀다.

아무리 멀어도 나는 반드시 집으로 돌아오곤 했다.

요즘은 내게로 돌아올 수
있다는 게 가장 큰 위안이다.

호카곶에서

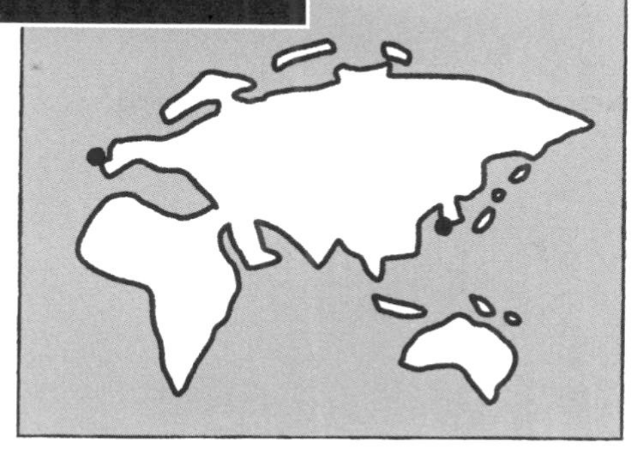
이 점보다도 작은 내가 말이지.

유럽의 가장 서쪽까지 온 거야.

너무 대단한 일이지 않니?

아무리 멀리 떠나도

약속처럼 돌아오곤 했다.

앞으로 더 멀리 떠나도 괜찮겠어.

점점 더 멀리 떠나게 해주는 여행

자전거를 왜 좋아하냐는 질문에 친구는 이렇게 답했다.

"자전거를 타면 용기 있는 사람이 돼. 내가 이런 산도 다녀왔는데 이 일을 못 하겠어? 또는 내가 그만큼 멀리 가봤는데 이것도 못 참겠어? 하면서 말이야."

맞는 말이다. 작년에 세계 모든 여성이 같은 날 각자의 나라에서 100킬로미터를 완주하는 캠페인 'Woman's 100'에 참여했는데, 그때 처음 100킬로미터를 완주하고 보상으로 친구가 말했던 것과 비슷한 용기를 얻었다. 어떤 일이든 새로 시작할 때마다 '어이, 겁먹지 마. 나 자전거로 100킬로미터도 다녀온 사람이니까.' 하며 스스로를 믿게 된 것이다. 여행 경험도 그와 마찬가지로 여행에서 돌아와 삶을 살아갈 때 많은 추억과 지혜, 용기가 되어준다.

그중 하나가 호카곶에 다녀온 경험이었다. 호카곶은 포르투갈에 있는 유럽의 최서단인데, 실제로 최서단이라는 생각을 안 하고 보면 그냥 기념탑이 서 있는 벼랑 정도로만 보인다. 하지만 이게 유럽 대륙에서 가장 서쪽으로 튀어나온 한 지점이라는 인식을 가지고 바라보면 정말로 세상의 끝에 왔다는 기분이 든다. 내가 본 호카곶의 바다는 이제껏 봐온 수평선과는 정말로 달랐다. 뭔가 더 아득하고 멀고, 배를 타고 가면 뭔가 알 수 없는 미지의 세계 혹은 세상의 끝을 만나서 어딘가로 떨어질 것만 같았다. 나는 그 바다의 끝에서 달랑거리는 먼 노을을 바라보며 몰래 울었다.

마침 첫 회사의 퇴직금을 털어서 간 여행이었다. 퇴직금으로 월세를 내도 부족할 판에 포르투갈에 와서 세상의 끝을 기어코 맨눈으로 보고 있다니. 서울에서 너무 오래 살아 사투리를 다 까먹은 제천 여자애, 퇴사하고 그냥 제천에나 가지 그건 자존심이 용서하지 못한다며 아등바등 서울에 살고 있던 나. 회사는 안 다니지만 뭐라도 열심히 해보려고 수영을 배우는 등 그래도 다닐 때 못지않게 열심히 살려고 발버둥 치고 있었다. 그런 애가 하다 하다 유럽의 최서단까지 온 것이었다. 그 사실이 이 아득한 바다만큼 경이롭고 아름답다는 생각이 들어서 눈물이 났다.

지금도 그때의 기분이 떠오른다. 호카곶의 벼랑 끝에 서 있던 나. 그건 단순히 벼랑 끝에 선 인간이 아니라, 벼랑 끝까지 간 인간에 가까운 모습으로 기억되어 있다. 거기까지 다녀온 사람이야 내가. 그런 용기가 있으면 무너진 나를 언제든 일으켜 세울 수 있다. 여행할 때는 멋진 사진도 좋지만, 작더라도 귀중한 용기도 한 점 꼭 가져올 것. 일상 속에서도 내내 소중하게 쓰인다.

곁에 머무는 사람

지나치게 사려 깊을 필요는 없어.
착하지 않은 것도 너야.
그런 너를 이해해주는 사람이 반드시 있을 거고.
그것도 맞는 말이다.

반면에 잡고 싶어도 잡을 수 없던 사람들이 있었지.
소용없는 거 알아.
이런 생각을 하면 조금은 먹먹하다.

어쩔 수 없는 일들에
마음 아파하지 않기로 했지만
세상의 마음 아픈 일 대부분은
보통 다 이렇게 어쩔 수 없는 것들이다.
그래도 너희 나를 좋아했었다고 믿어.
PORT
그러면 조금 괜찮…
사실 안 괜찮아.

심장 박동

사는 건 심장 박동을 조절하는 일이라고, 누가 그랬었지.
누워 있다가 일어나면 심박이 빨라진다.
귀를 기울이면 이내 잠잠해진다.
괜찮아.

적정 거리

적당한 거리.

고작 사물인 너와도 이게 중요하다니.

내가 무슨 죄를 지었길래

이런 일이 종종 일어난다.
나는 잘못한 게 하나도 없는데
난데없이 닥치는 재앙 같은 일들.

오늘 일은 너무 다이내믹했으므로
훗날 책으로 엮어 낼 거다.
제목은 '내가 무슨 죄를 지었길래'로 정했다.

정상화

나의 가난을 훔쳐내는 게 힘이 든다.
'정상화'라는 단어가 불현듯 떠올랐다.
지금 소원은 단순하다.

지루해도 괜찮으니까,
추워도 괜찮으니까,
외로워도 되니까,
원래대로… 정상화되었으면 좋겠다.

5평 방에 갇혀서 넘치는 세탁기 물을 훔쳐내는 장면.
방 안의 모든 물건들이 젖고 있고
얼굴도 눈물로 엉망진창.

요즘 일상은 그 장면을 길게 늘여
몇 번이고 반복하는 느낌이다.

혼돈을 혼돈으로 두면 차라리 나을까?

도무지 정리가 안 된다.
어제는 우리 집 개가 죽었다.
친구에게 이 이야기를 했고,
가눌 수 없는 내 마음은
산산조각이 나버렸다.

잘될 것 같다가도 한없이 무너져 내릴 때

'내가 무슨 죄를 지었길래.'

감회가 새롭다. 시간이 흘러 정말로 이 글을 쓰다니 말이다. 고백하건대 이때 내가 지은 죄는 따로 없었다. 굳이 따지자면 가난이 죄였다. 이날 생긴 사건은 전부 나의 가난 때문에 벌어진 일이었다.

매년 기록적인 폭염이라고 하지만 내게는 2018년의 여름이 가장 기록적인 폭염으로 기억된다. 하필 전력난도 함께 겹쳐서 자취방 에어컨이 고장 났다. 그때의 지긋지긋한 온도가 하나하나 생생히 기억난다. 얼마나 더웠냐면 집에서 도저히 옷을 입을 수 없는 수준이었다. 밤 12시에도 31도였다. 그나마 괜찮은 시간이 새벽이었는데 그때도 27도였다. 거의 태초의 인류처럼 나체로 열대야 지옥을 건넜다. 낮에는 그래도 나았다. 어디 카페로라도 피신할 수 있으니까. 뭐라도 해보려고 고압 멀티탭도 사고

이것저것 만져보고 다 했는데 여기서 더 만지면 더위가 아니라 감전으로 죽을 것 같아서 에어컨 기사님을 기다리는 수밖에 없었다. 하지만 그마저도 다른 집의 에어컨 수리에 밀려서 일주일이나 더 참아야 했다. 에어컨 작동이 완전히 안 되는 것은 아니었다. 다만 에어컨을 켜면 냉장고 전기가 나갔다.

지금의 나라면 냉장고를 포기하고 에어컨을 선택한 후 밥은 그냥 사 먹었을 것 같다. 하지만 당시의 내게는 힘든 선택이었다. 돈이 없어서 주로 집에서 밥을 해 먹는 처지였기 때문이다. 2018년 내 한 해 수입은 2천만 원이었다. 단순 계산으로 월에 160만 원 정도 번 셈이다. 전 직장 월급보다도 줄어든 금액이기에 돈을 쓰기가 쉽지 않았다. 그래서 어디 호텔이나 모텔 등 다른 숙박 시설에 갈 생각은 꿈에도 못 하고 그저 방에서 옷을 벗고 선잠을 자야만 했다. 하다하다 못 참아서 친구네 집에서 자려고 했는데 그날따라 그 친구가 밤 12시까지 연락이 안 됐다. 뒤늦게 문자가 왔다. "핸드폰이 안 돼서 연락 못 했어 미안. 지금이라도 우리 집에 올래?" 당시 시간은 새벽 1시였다. 못 올 것을 알고 하는 소리였다. 그때 모든 인류애를 잃어서 절대로 남에게 기대지 말자고 다짐했다. (지금까지 분하네.)

뭐라도 해보려는 또 다른 시도로 작은 선풍기를 샀다. 6만 원쯤 하는 무인양품 선풍기였다. 처음 사온 날 샤워를 하고 선풍기 앞에 쭈그려 앉았다. 샤워를 하면 그나마 30분 정도는 괜찮았다. 근데 시간이 지나면 선풍기도 무력하게 더운 바람을 뿜어냈고 몸은 다시 뜨거워졌다. 선풍기와 가까워지면 더 시원할까 싶어서 다가갔지만 그렇지 않았다. 너무 멀면 또 소용없게 느껴지고. 이게 마치 모닥불과의 거리를 재는 느낌이었다. 삶이 정상으로 돌아오길 바라는 기대를 품고 선풍기를 켜둔 채 잠을 잤다.

하지만 불행은 여기서 그치지 않았다. 다음 날, 별안간 대낮에 매트리스가 젖어버린 것이다. 응? 멀쩡한 매트리스가 왜 젖어? 흐르는 물을 따라가 보니 세탁기 아래 물로 흥건해진 바닥이 눈에 띄었다. 수건으로 막아도 계속 물이 흘러나왔다. 역부족이었다. 안 그래도 좁은 5평 방인데 물이 넘친 면적 밖에 모든 물건을 쌓아두니 곧 이사를 갈 집처럼 정신 사납고 엉망진창이었다. 고장 난 에어컨은 여전했다. 집주인한테 전화해서 울면서 소리를 질렀던 기억이 난다.

"이게 뭐예요, 제가 무슨 죄를 지었어요!" 정신을 차릴 수 없을 만큼 기진맥진했다. 내 더위를 바쳐 수호한 냉장고 속 식재료도 요리하기 싫었다. 불 앞에 서면 곧 쓰러질 만큼 더웠다. 편의점에서 대충 끼니를 때우며 모든 것을 원망했다. 그때 '정상화'라는 단어를 떠올렸다. 확실히 그때의 폭염과 세탁기, 에어컨 고장은 정상이 아니었다. 그간 가난했던 일상도 그때에 비하면 아주 정상적인 것이었다. 그렇게 혼자 혼이 나간 사람처럼 되뇌었다.

정상화……. 정상화하고 싶어.

지금은 모든 것이 그때의 기준으로 보건대 정상을 넘어 사실은 호사스럽다. 세탁기에서 물이 넘쳐도 상관없다. 물은 베란다 배수로로 흐를 것이다. 에어컨이 고장 나도 괜찮다. 여차하면 호텔에 머물 수 있는 돈이 있다. 냉장고 전기가 끊겨도 괜찮다. 밥을 사 먹을 돈도 충분하다. 2018년에는 모든 게 안 됐다. 불행을 막을 돈이 없었기 때문이다.

'불행해도 언젠가 괜찮아질 거예요'라는 막연한 위로를 하고 싶지 않다. 가난은 확실히 겪어본 이만 아는 고통이고, 이건 말뿐인 위로 하나로 해결이 안 되는 슬픔이다. 그럼에도 위안 아닌 위안을 건네자면, 그건 우리가 죄를 지었기 때문이 아니다. 있지도 않은 원죄를 생각하며 스스로를 탓하기보다는 차라리 아득바득

이를 갈며 돈을 버는 편이 낫다. 그게 슬픔을 막는 방법이다. 다들 스스로를 가난 속에 머물러도 되는 사람이라고 생각하지 않았으면 좋겠다. 거듭 말하지만 우리가 죄를 지어서 생긴 일이 아니다. 어떤 슬픔은 단순히 가난 때문에 생긴다.

타일 바라보기

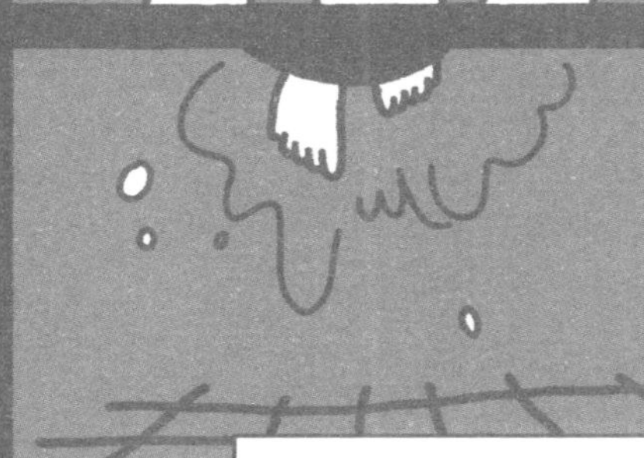

잘 나아가고 있는지 헷갈릴 땐

푸른 타일을 얼마나 지났는지 헤아려본다.

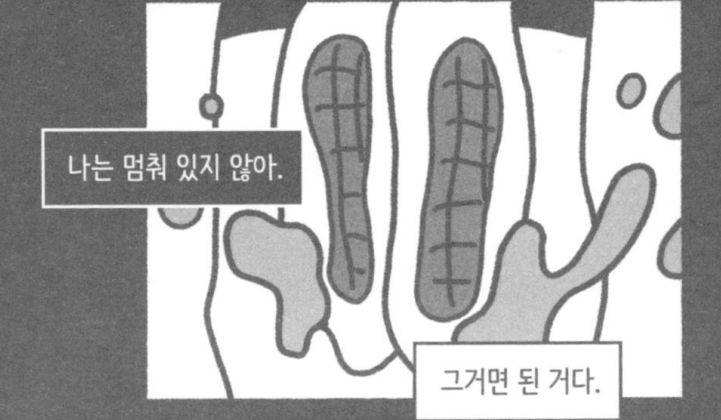
나는 멈춰 있지 않아.
그거면 된 거다.

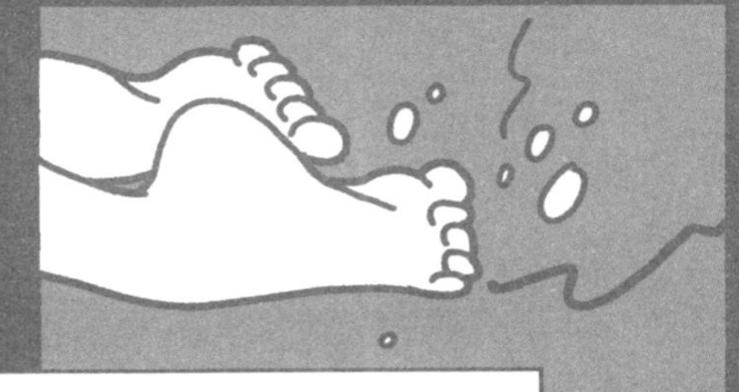
고독의 밑바닥을 똑바로 주시하고자 한다.

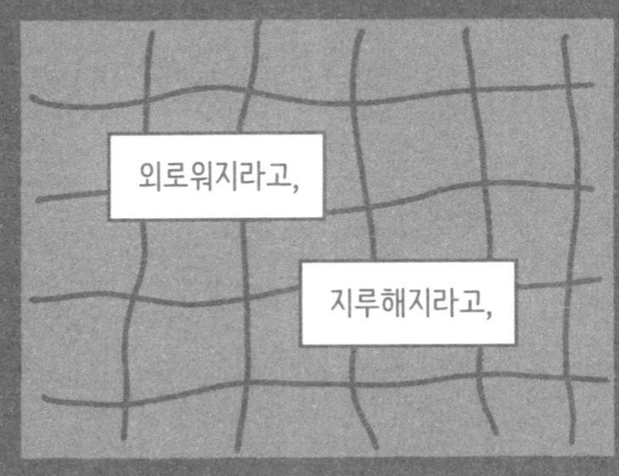
외로워지라고,
지루해지라고,

슬퍼지라고 내버려 둔다.

그러면 슬픔은 가라앉고
슬픔보다 가벼운 나는
곧 수면 위로 떠오른다.
가만히 소리를 듣는다.

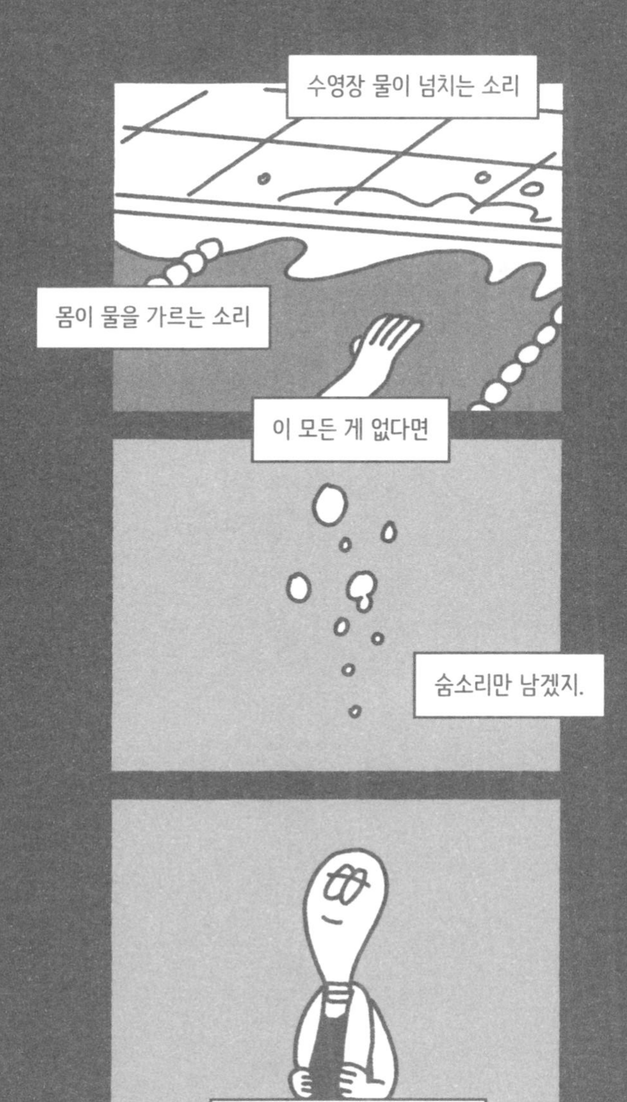
수영장 물이 넘치는 소리
몸이 물을 가르는 소리
이 모든 게 없다면
숨소리만 남겠지.
나는 온전히 지금에 머문다.

수영이 주는 깨달음

오늘은 느린 할머니가 앞에 있어서 다들 허둥지둥했다.

사람들은 답답한 표정을 지었다.

앞사람이 느리다고
도중에 서지 마세요.

속도를 느리게
조절할 줄도 알아야 해요.

그저 빨리만 간다고
잘하는 게 아니에요.

선생님은 철학자 같다.

단지 수영 수업일 뿐인데

열심히 살고 싶다는 느낌이 들어서 이상했다.

내게는 이 모든 말들이 단지
수영을 잘하라고 하는 말처럼 들리지 않는다.

나는 용의 꼬리

드디어….
선생님이 다음 주부터는
중급반에 가라고 했다.

어설프게 벼슬이 자란 중간 크기의 닭이 된 기분이다.

다들 뭔가 포스가 대단하다.

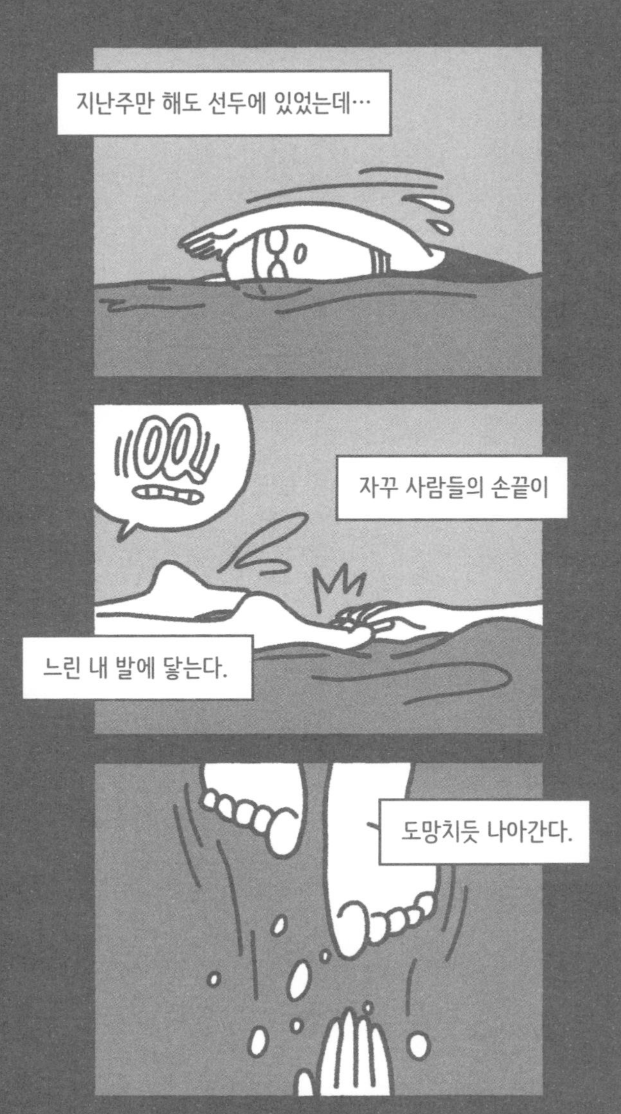
지난주만 해도 선두에 있었는데…
자꾸 사람들의 손끝이
느린 내 발에 닿는다.
도망치듯 나아간다.

부끄럽다.

나는 구석에 서서 계속 먼저 가라고 양보를 한다.

그렇다고 초급반으로 돌아가고 싶지 않아.

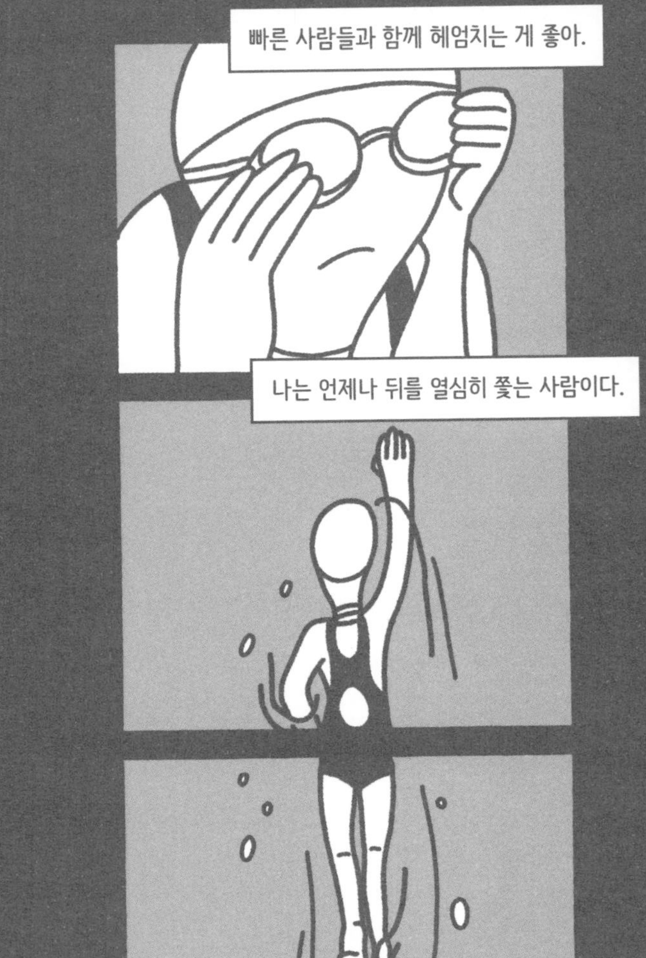

빠른 사람들과 함께 헤엄치는 게 좋아.

나는 언제나 뒤를 열심히 쫓는 사람이다.

뱀의 머리보다 용의 꼬리가 되기를 좋아하는.

4장

가을

덜 슬프고 싶어.

나의 계절

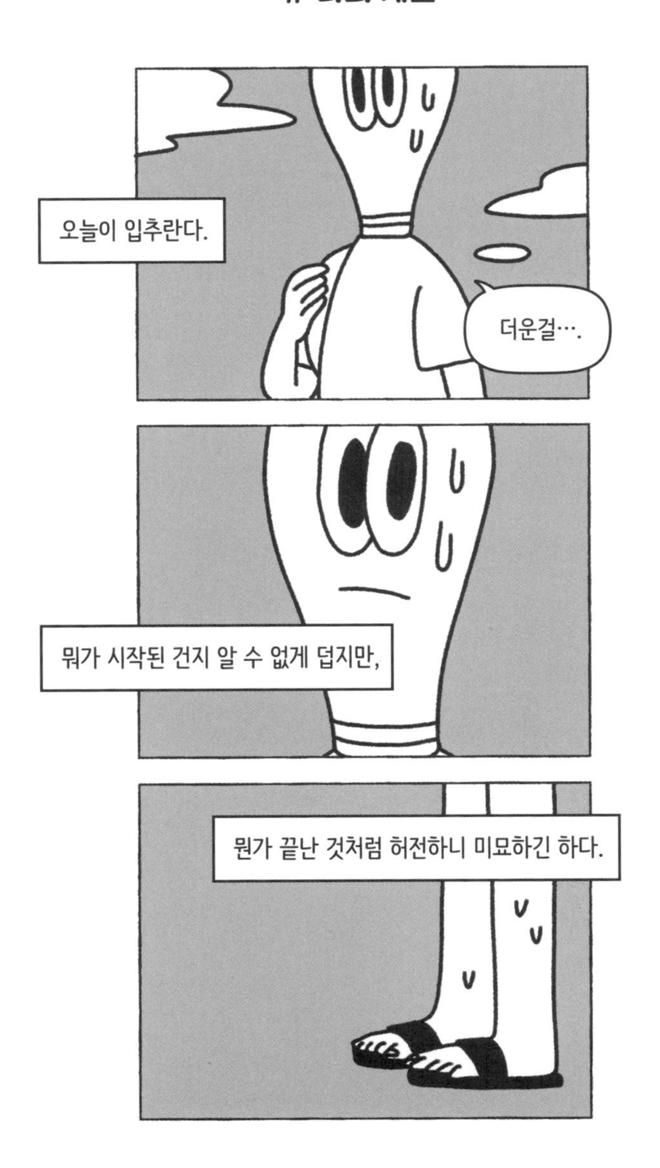

나는 처서에 태어났다.
8
23
처서는 여름이 끝나는 날이다.
그렇다면 나는 어떤 계절인 걸까?

무의미를 견디는 일

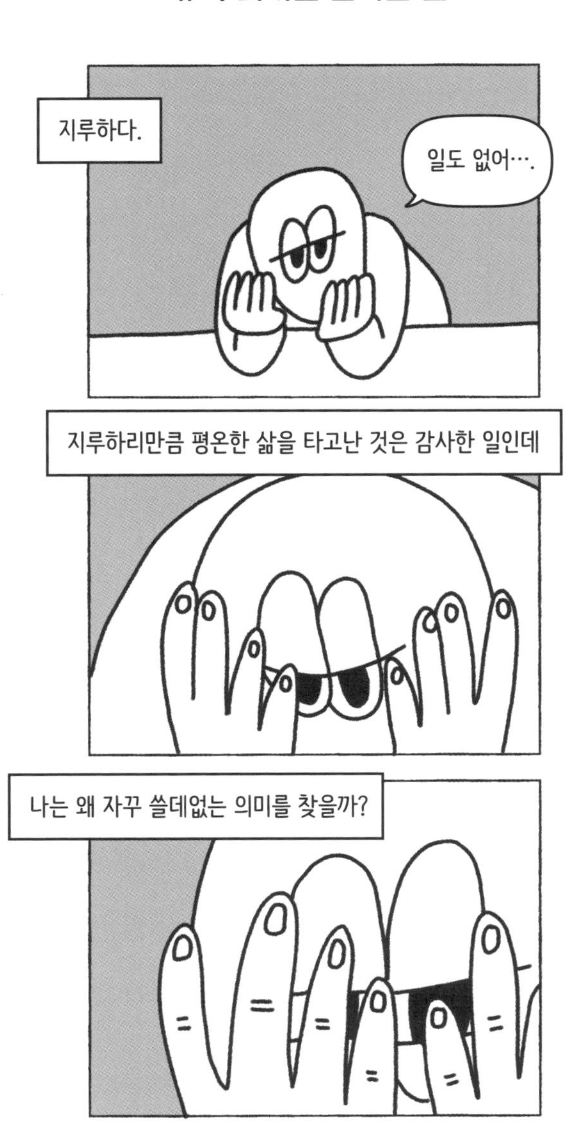

왜 무의미를 참지 못할까.

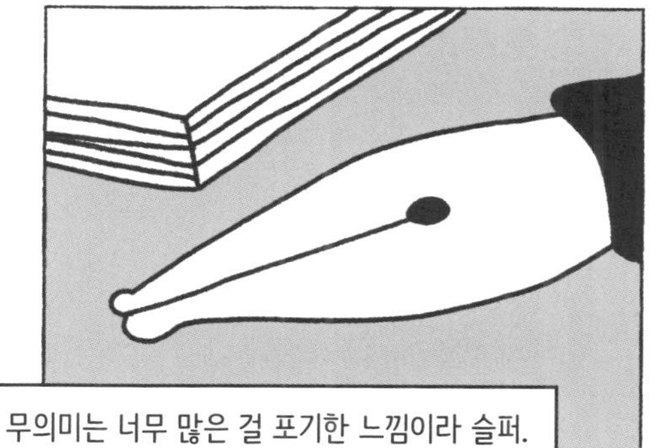
무의미는 너무 많은 걸 포기한 느낌이라 슬퍼.

지루함을 견디지 못하는 것은 저주일까 축복일까.

나는 종종 힘든 일을 스스로에게도 비밀로 한다.
모로 힘들었다.
그중 한 방법이 일기장에 날짜를 적지 않는 것이다.
비밀로 할까 말까?
전적으로 내가 선택하기에 달렸다.

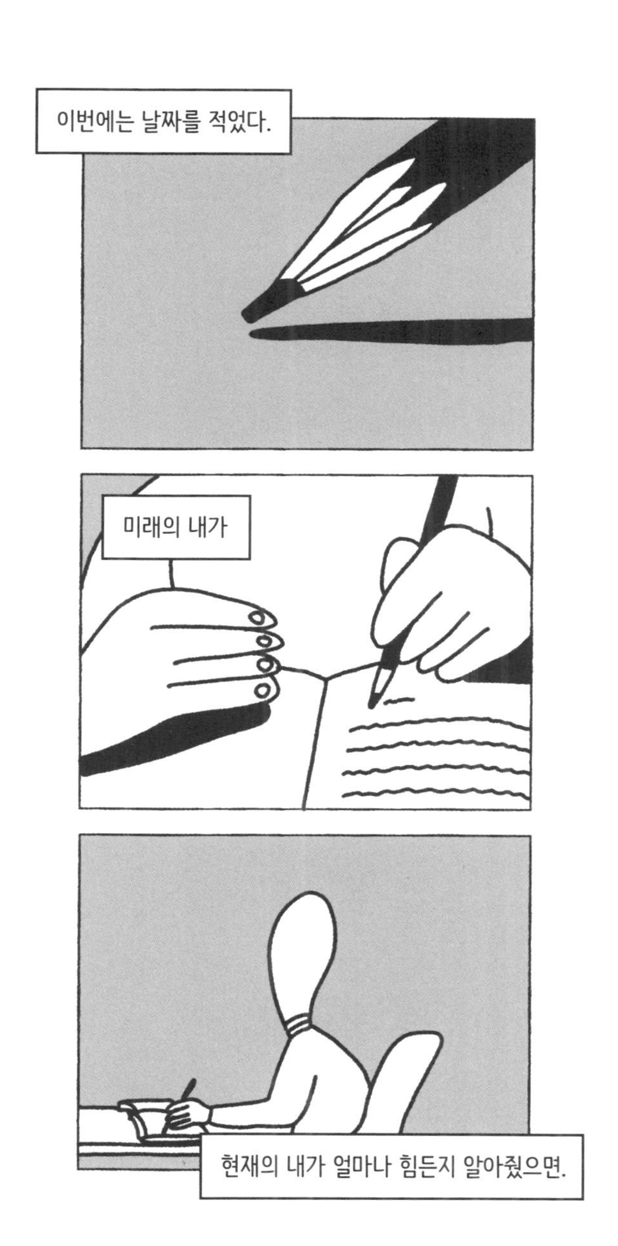
이번에는 날짜를 적었다.
미래의 내가
현재의 내가 얼마나 힘든지 알아줬으면.

나는 누구를 위해?

이제는 그만 애쓰고 싶다.
누군가는 '네가 뭘 했는데?'라고 할 수도 있다.
그래, 나도 내가 뭘 했는지는 모르겠는데
노력을 해도 티가 안 나잖아.
성과는커녕 자괴감만 잔뜩이야.

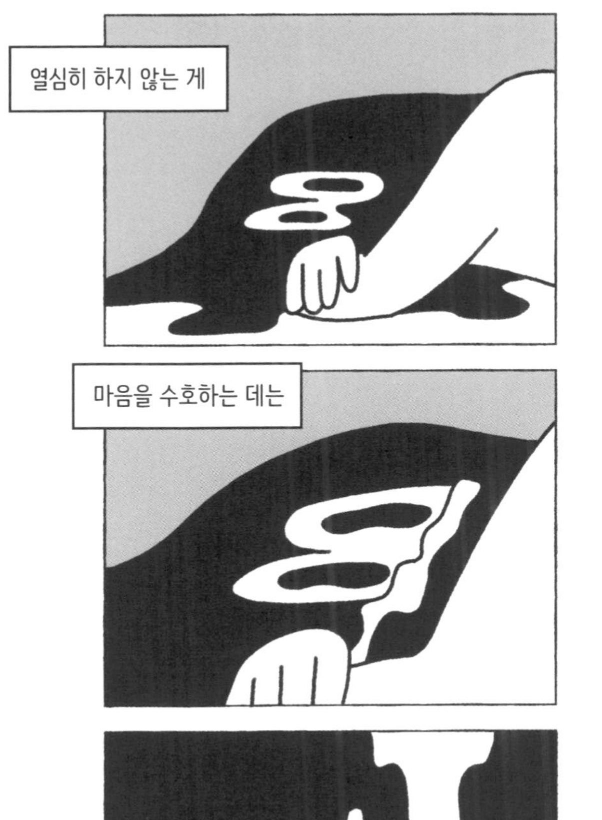
열심히 하지 않는 게
마음을 수호하는 데는

차라리 더 안전할 거다.

그저 남들이 좋아할 만한 대상을 그리고

나를 좀 봐달라며
구구절절 태그를 달고

13 Like
내게 매겨진 초라한 숫자를 신경 쓰는 것.

그런 지긋지긋하고 역겨운 짓을
다시는 하지 않겠다.

내가 작가와 어울릴까?

이런 질문을 하면 먹먹하지만….

지금의 나는 아니라고 대답할 수밖에 없다.
한 가수가 했던 말이 떠오른다.
제가 여러분을 위해서 음악을 하는 건 아니잖아요.

그래, 애초에 그건 너무 거창한 일이지.
나는 누구를 위해 그림을 그리지?
무슨 소용을 바라고 있지?

내 얼굴이 빠진 풍경

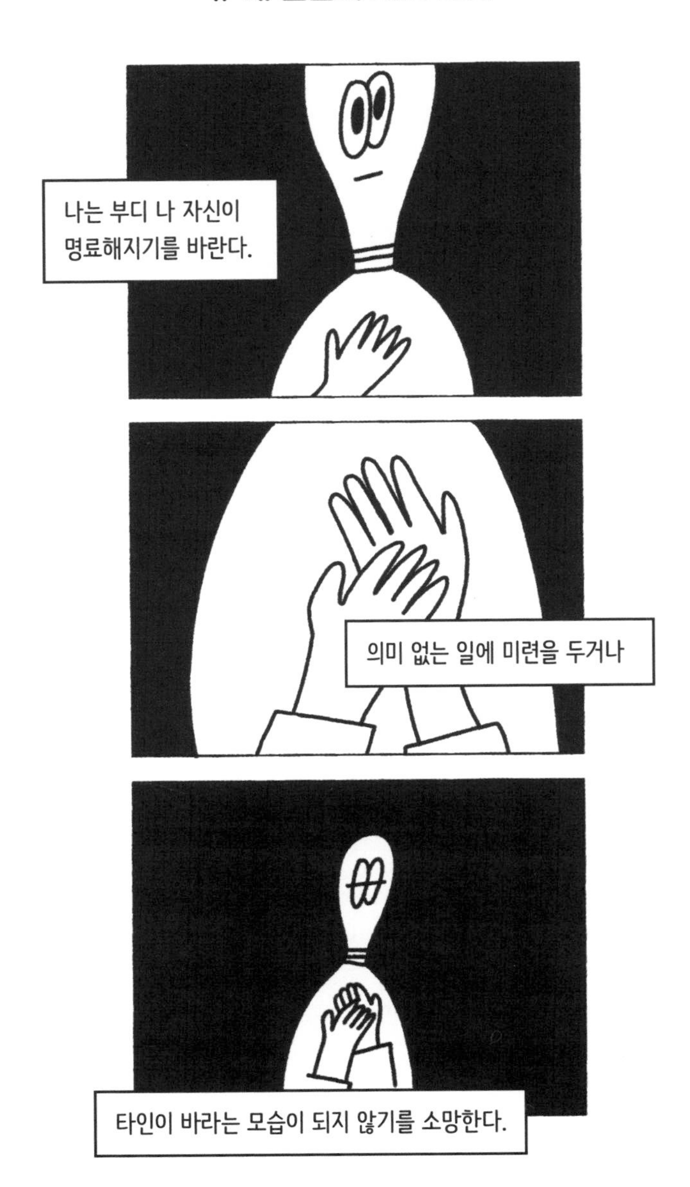

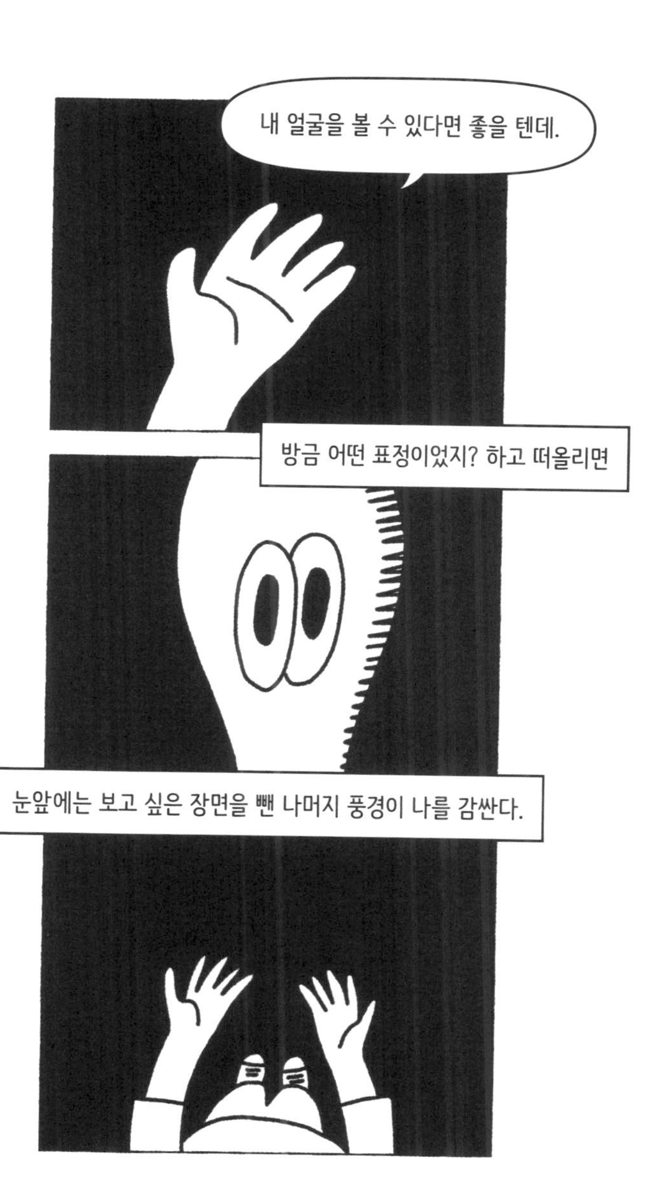
내 얼굴을 볼 수 있다면 좋을 텐데.
방금 어떤 표정이었지? 하고 떠올리면
눈앞에는 보고 싶은 장면을 뺀 나머지 풍경이 나를 감싼다.

나를 설명하는 것들

항상 정리 정돈이 되어 있고
3:45
가전이 대부분 흰색이야.
하지만 핸드폰은 검은색이지.

얇은 카드지갑.
그토록 많았는데 다 치우고 남겨둔
여름과 겨울의 향수.
적어지려고 노력했구나.

취향이 엿보이는 책장.
심플한 찻잔.
나를 설명하는 것들.

삶의 가지치기

친구가 내게 해주었던 말이 기억에 남는다.

"나를 만들어가는 과정에서 중요한 건 잔가지를 잘 치는 거야. 가지가 너무 많으면 나무가 옆으로만 자라고, 방향을 잃거든. 나는 옆으로 커지는 나무가 아니라 높고 곧게 자라는 나무가 되고 싶어."

많은 사람들이 내게 "어떻게 하면 나다움을 찾을 수 있을까요?"라고 묻는다. 나는 그녀의 말에 모든 힌트가 있다고 생각한다. 우선 원하지 않는 잔가지를 잘라내자. 그러면 보인다. 내가 무엇을 나로 설명하고 싶은지, 어디로 자라고 싶은지, 어떤 모양의 나무가 되고 싶은지. 잔가지는 중요한 가지에 갈 영양분을 빼앗아간다. 그래서 요즘은 무언가를 하는 것보다도 하지 않는 것에 더 초점을 맞추고 지낸다. 많은 광고를 반려했다. 수익은 반토막이 났지만 몸과 마음이 더 건강해졌다.

아래는 내가 자른 잔가지 목록이다.

출퇴근, 지나친 음주, 무분별한 악플, 인스타그램 중독, 스스로 향한 비난, 불평만 쏟아내는 사람들, 하기 싫은 광고……

간혹 잘 안 잘리는 가지가 있다. 내게는 그중 하나가 회사였다. 회사를 자르기 위해 나는 6년이라는 시간 동안 애를 썼다. 그리고 그게 지금의 나를 만드는 아주 큰 성장의 계기가 되었다. 원리는 단순하다. 불필요한 것을 자르면 잔가지로 누수되던 에너지가 내가 원하는 삶을 단단하게 만드는 방향으로 향한다. 앞으로도 성실한 농부처럼 열심히 가지를 잘라낼 것이다.

이게 내가 삶이라는 정원을 돌보는 방식이다.

거부 반응

올해는 조금 다를까?

전보다 겨울을 잘 날 수 있을까?

큰 욕심은 없고
작년보다는 덜 슬프고 싶어.

나의 다짐

나는 최대한 질척이는 생을 살아볼 생각이다.
마음껏 미워하고, 사랑하고, 일하고
욕심으로 밤을 지새운 후
늦은 오후까지 잠을 잘 것이다.

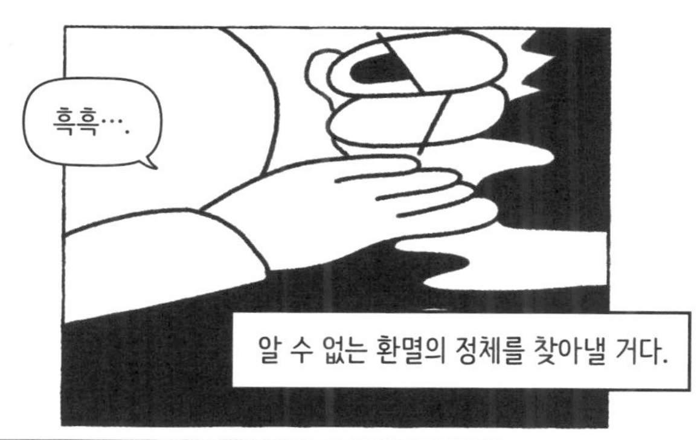
흑흑….
알 수 없는 환멸의 정체를 찾아낼 거다.

지질하게 너절한 생채기를 헤집어 볼 거라고.

거기에 진짜 내가 있겠지.

고민의 굴레

뭔가 열심히 하고는 있는데
여기는 대체 어디야.
어디까지 가야 하는지 가늠이 안 되는 삶이다.
심지어 눈에 보이는 성과가 있어도 그렇다.

무작정 하는 '열심히'가 문제 아닐까?
노력하기 싫어서 하는 말은 아니고.
사실 맞다. 보상 없이 그냥 노력하기는 싫다.

목적 없는 열심의 고리를 끊어내고
멀리서 자신을 바라보고 싶지만
뭐가 답인지 도통 알 수 없다.

어려워….
이토록 어지러운 내게
난시가 있는 건 이상한 일이 아닐지도 모른다.
이제 이상한 일기 그만 쓰고 일을 하자.

적막이 필요한 순간

아까는 이런 말을 중얼거렸다.

스물일곱,

가진 것 없이 살아갈 날만 잔뜩 남은 나이구나.

잠영의 기분

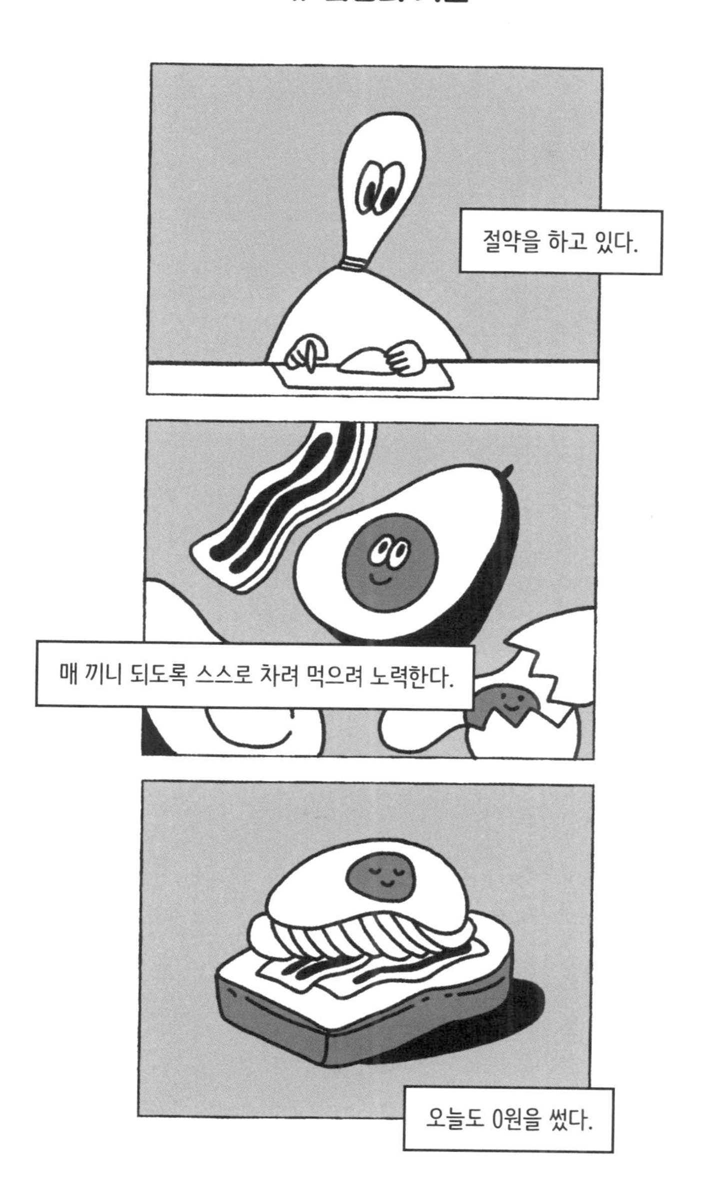

요즘 가장 많이 먹는 것은 아보카도 토스트.
지금은 이것저것
공부할 시간이 필요해서
돈을 벌기에 제약이 있다.

잠영을 하는 기분으로
숨 참듯 돈을 아끼고 있다.
그렇게 하반기를 마무리할 생각이다.

허무를 믿으며

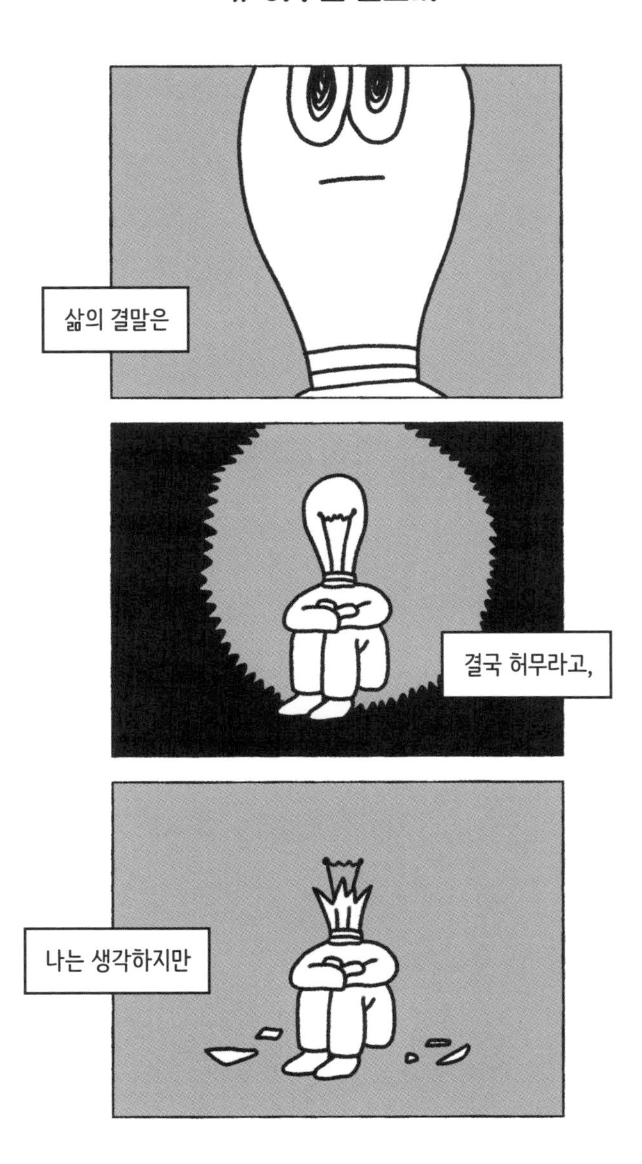

계속 쓰고, 그리고, 사고, 걷고, 먹는다.
허무를 믿으며,
허무와는 관계없어 보이는
일들만 잔뜩 한다.

허무하지만 아름다운 계절

삶이 허무한 것이라는 염세적인 27세 이연의 말에 31세 이연도 동의한다. 삶은 정말로 허무하다. 누가 부르지 않아도 꽃을 피우는 봄, 그리고 영원할 것 같은 여름의 녹음을 지나 갑자기 서늘한 바람이 분다. 서운하게 나뭇잎이 떨어지고 날이 점점 추워지며 새하얗고 혹독한 겨울이 온다. 꼭 영원할 것 같은 시절들이 지나고 보면 허무와 슬픔을 준다. 동시에 이는 자연스러운 감정이다. 이를테면 난 지금도 스스로가 꽤 젊다고 생각하는데, 그래서인지 노년이 잘 상상이 안 간다. 이건 이상한 일이 아니다. 한 번도 늙어본 적이 없으니까. 마찬가지로 봄과 여름에도 가을과 겨울을 상상하기 어려운 것이다. 봄여름 사이에 갑작스레 추위나 눈이 닥쳐오면 경각심이라도 가질 텐데, 그런 일은 잘 생기지 않으니까. (예외는 있다. 예전에 파리 여행을 갔을 때 6월인데도 너무 추워서 패딩을 입었다.) 결국 봄 여름 가을 뒤에는 겨울이 오고 생의 끝에는 죽음이 있다는 사실을 알면 허무함을 덜 수 있다. 하지만 알아도 허무하기는 허무하다.

뭐 어쩌겠어. 겨울이 영영 오지 않는 곳에서 살고 싶지도, 영생하고 싶지도 않다. 겨울이 있기 때문에 계절이 순환하는 것이고, 죽음이 있기 때문에 삶이 빛나는 것이니까. 너무 미리 슬퍼할 필요 없이 지금의 찬란한 녹음과 시간을 감사히 여기면 된다. 그게 삶의 허무를 줄이는 일이다. 대신 유한한 아름다움을 지켜보자. 가치 있고 아름다운 것들은 대부분 그 가짓수가 적거나 수명이 정해져 있다. 모든 것이 영원한 세상에 과연 아름다운 게 있을까? 아름다움을 누리는 만큼 허무는 그에 따르는 필수적인 감정이다. 의미로만 가득한 삶은 되레 무겁지만 않은가.

물에 빠진 순간

오랜만에 배영을 했다.
영화 〈문라이트〉의 주인공이 된 느낌이랄까.
마치 보노보노가 된 기분….
물에 잠겨 듣는 윙윙거림이 좋았다.

둥근 수영장 천장을 보다

믿음의 수영법

2월에 같이 학원 등록하고 수영하던 사람들 중

나만 남았다.
성실함은 역시 나의 가장 큰 재능.

어느덧 상급반에 올라가게 됐다.
상급

정말 상급이라는 말과 어울리는 실력을 갖게 될까?
결국 여기까지 왔구나.
상급

고통은 선택하는 것이라고 했다.

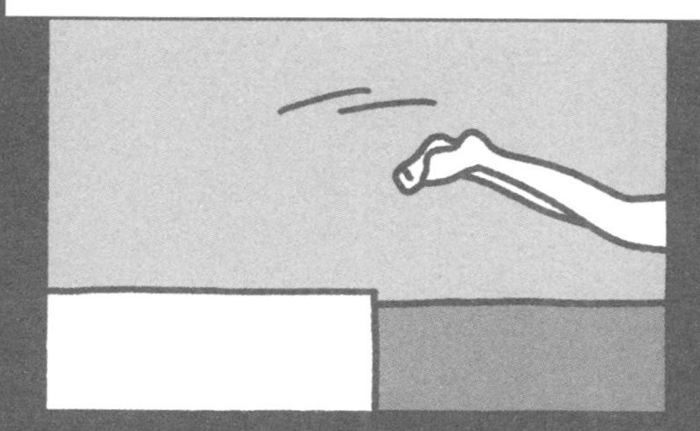
내가 선택한 고통이라 생각하며 하염없이 수영을 했다.

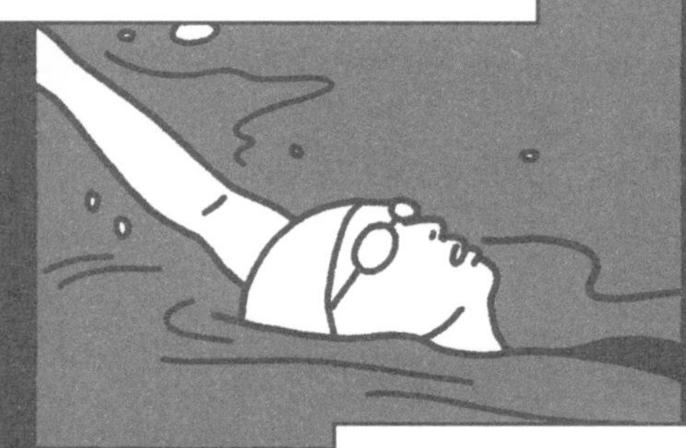

삶도 수영과 같을까?

바늘과 같은 유선형이 되려면
얼마나 많은 시간과 땀과 노력이 필요할까?

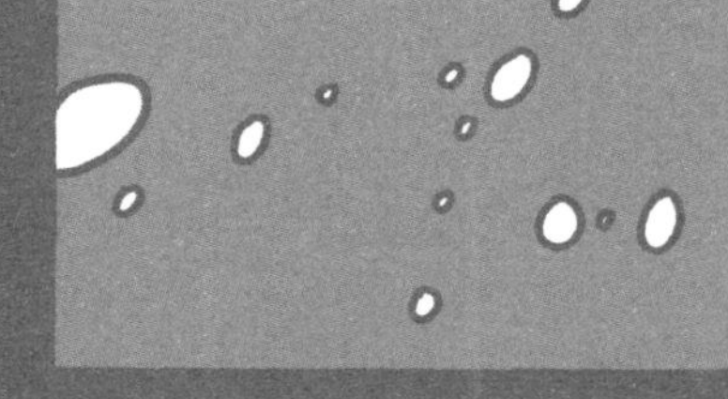
나는 어디까지 가게 될까.

딴생각을 하면 그새 수영이 느려진다.

강동원의 인터뷰 문장이 좋았다.

"저는 제가 영어를 잘할 수 있을 거라 믿어요."

잘할 수 있어.
나도 그런 믿음으로 수영을 한다.

5장

다시 겨울

나는 나를 지킬 거야.

물 밑에서

목숨이 찰랑찰랑하다.
그래도 취업은 하고 싶지 않아.
마음에 안 드는 회사를 억지로 다닐 바에야
그냥 집에서 돈 안 쓰고 버티는 게 나아.

지금의 삶보다 나을 게 없는 회사라면
굳이 다닐 이유를 찾을 수 없다.
<그랑블루> 생각이 난다.
물 아래에 있으면 물 위로 올라갈 이유를 찾는 게 어렵다고.

지금 내 삶도 그렇다.

평온한 이 물 밑에서 생각한다.

굳이 저 위로 올라갈 필요가 있을까?

돈이 전부는 아니야

위기일까? 모르겠다.
나를 어떻게든 다시 건져낼 것 같다.
그 어느 때보다 정신이 맑고 또렷하다.
가진 건 정신력뿐….

농담처럼 안빈낙도라는 말을 지껄이고 다니는데,

정말 그렇기도 하다.

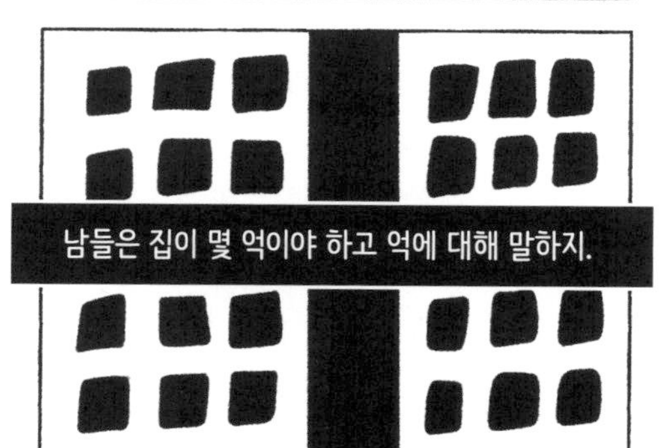
남들은 집이 몇 억이야 하고 억에 대해 말하지.

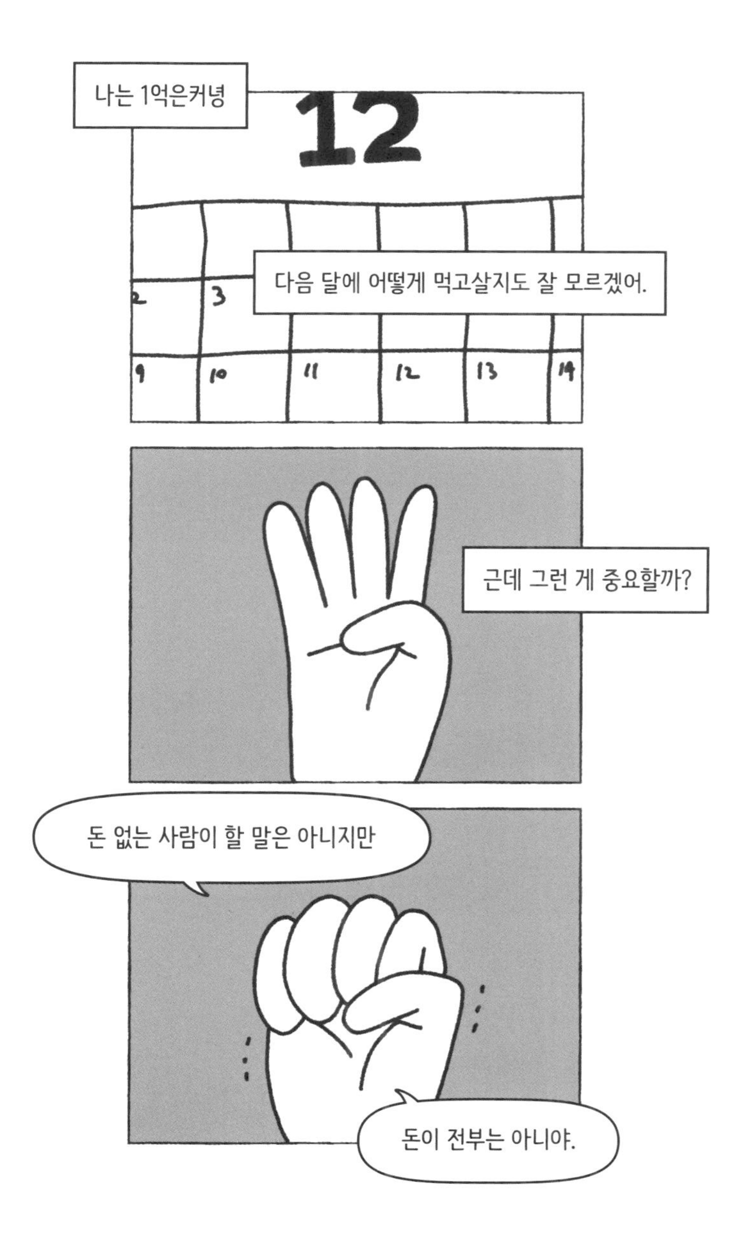
나는 1억은커녕
12
다음 달에 어떻게 먹고살지도 잘 모르겠어.
9
10
11
12
13
14
근데 그런 게 중요할까?
돈 없는 사람이 할 말은 아니지만
돈이 전부는 아니야.

합법적 좌절 타임

잠깐 합법적 좌절 타임을 갖고 싶다고 생각했다.

민방위 훈련처럼 사이렌이 울리는 거다.
여러분, 지금부터 10분간 자유롭게 좌절하셔도 좋습니다.

그럼 이 카페에 있는 사람들 모두

대화를 멈추고

각자 마음껏 좌절하는 거지.

사실 그런 시간까지는 따로 필요 없다.

이미 그런 시간 없이도

마음은 잘만 무너지니까.

돈이 없어서 할 수 있던 일

돈이 중요하지만 돈이 전부는 아니기도 하다. 그게 내 삶에서 가장 가난했던 이 시절을 지금은 가장 값지게 느끼는 이유다. 돈이 전부였다면 이 시절을 책으로 엮어 출간하기는커녕, 마치 사라진 내 싸이월드처럼 삶에서 도려냈을 것이다. 누군가는 이런 말을 했다. 돈이 아무리 많아도, 목이 마를 때 물 대신 돈으로 목을 축일 수는 없다고. 그게 바로 돈이 전부가 아닌 증거다. 돈이 정말 전부라면 사람들은 돈을 꽁꽁 안고 살지, 그걸로 무언가를 교환해서 살 리가 없다. 세상에는 돈만큼 귀중한 것이 아주 많이 있다. 물론 돈이 있으면 슬픔을 막을 수 있고, 귀중한 무언가를 상당수 얻을 수 있다는 점은 무시할 수 없다. 하지만 세상에는 돈이 없기에 할 수 있는 일도 있음을 이야기하고 싶다.

이 시절을 요약하는 키워드가 여럿 있겠지만 하나만 꼽자면 역시 가난이다. 근데 이 시절을 그리는 지금은 아이러니하게도 몹시 여유롭다. 이 시절에는 지금의 나를 아주 부러워했고, 지금의 나는 이때의 나를 종종 그리워한다. 이 시절의 내가 부러워하던 것은 내가 지금 버는 돈이 아니고(물론 액수를 들으면 부러워할 것이다) 이렇게 책을 쓸 수 있는 상황이었다. 지금의 내가 이 시절을 그리워하는 것은 5평 방에 살면서 수영 학원을 다니며 희망을 갖고 노력하는 용기 있는 모습이다(물론 그때의 재정 상황은 악몽처럼 느껴진다).

그리고 또 되돌아보면 너무 놀라운 게, 이 시절의 내가 경험도 가진 것도 없으면서 통찰력이 꽤 좋았다는 점이다. 이때의 내게 배울 점이 많다. 그중 하나가 기꺼이 실패하겠다는 마음이다. 이때 처음으로 자신의 실패를 전부 받아들이고 용서해줄 마음을 먹었다. "엄마, 나 1년만 회사 안 다니면서 내가 하고 싶은 거 해볼래." 그렇게 말해놓고 그저 누워만 있을 수도 있었지만 나는 그 약속을 지켜 정말로 해보고 싶은 것을 다 해봤다. 돈이 없는 와중에 해외 여행도 두 번이나 다녀오고, 수영도 시작해서 초급반에서 상급반으로 진급하고, 회사 없이 프리랜서 디자이너로 돈도 벌고, 돈이 떨어지자 스무 살 이후로 안 하던 아르바이트도 해봤다. 회사라는 온실과 울타리를 벗어나서 스스로를 지키기 위해 애썼던 시간이었다.

그 시절을 지난 후에 내가 얻은 것은 나는 어느 상황에서도 나를 지킬 수 있다는 확신이다. 돈이 없으니 직접 요리를 해 먹어서 요리를 꽤 잘하게 되었다. 가난한 시절에 곁에 머물러주는 소중한 친구들이 있다는 것을 알게 되었다. 내게 그림 말고도 돈을 벌 수 있는 재주가 아주 많다는 것을 발견했다. 5평 방이 끔찍하지만 월세 절약에는 도움이 된다는 것을 배웠다. 다 해봤기 때문에 혹여나 실패해서 돌아간대도 다시 해볼 수 있을 것 같다.

나의 바닥이 거기였다. 내 삶의 심해에서 수압을 견디면서 나는 단단한 껍질을 만들었다. 무엇보다 이걸 젊을 때 해봤다는 것이 의의가 크다. 이렇게 살아도 아무도 손가락질하지 않았기 때문이다. 그게 20대의 특권이라면 특권이다. 지질한 것이 용서된다. 지질함에 세금을 매긴다면 20대는 면세인 셈이다. 이때 돈보다 소중한 경험과 용기를 많이 얻었다. 그래서 그 당시의 일기에 자꾸 이런 말을 하는 거다. "돈이 전부처럼 보이지만, 돈이 다가 아니야." 그래서 돈 버는 일 말고도 다른 도전을 할 수 있었고 끝내 지금의 내가 된 게 아닐까. 그때의 나에게 돌아간다면 이런 말을 해주고 싶다.

"앞으로 재미있는 일이 잔뜩 펼쳐질 거야. 한 골목만 지나면 바로인걸. 훗날 너는 작가가 되어서 이 날들을 책으로 엮게 된단다."

거절 특강

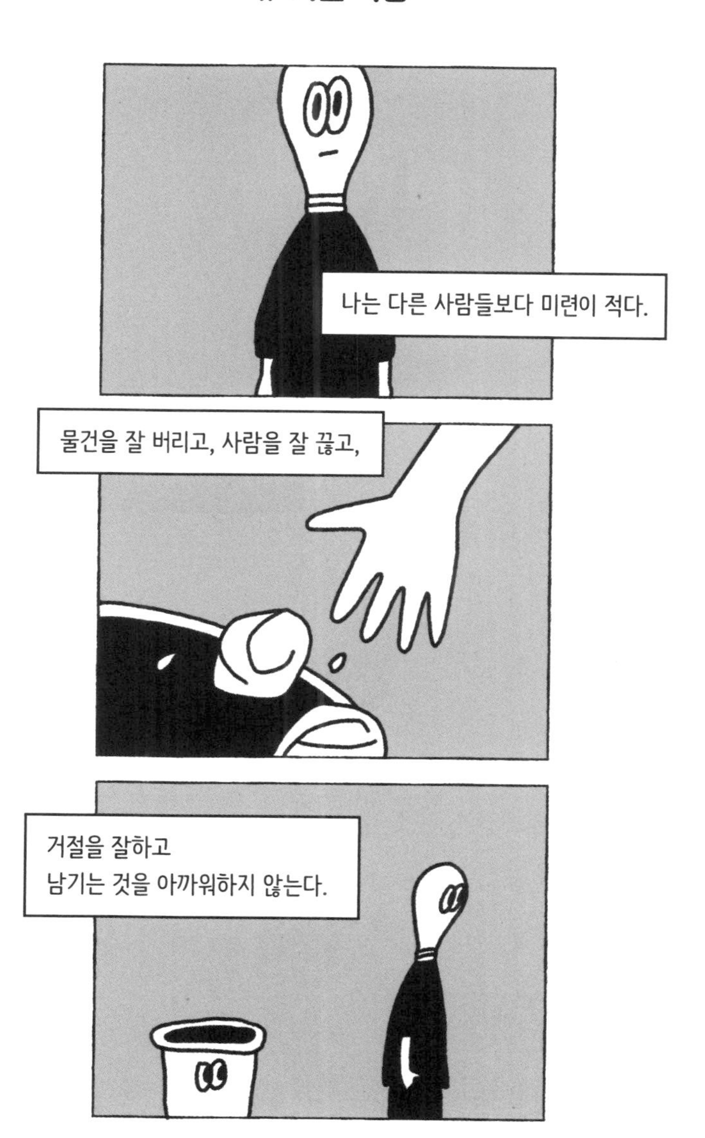

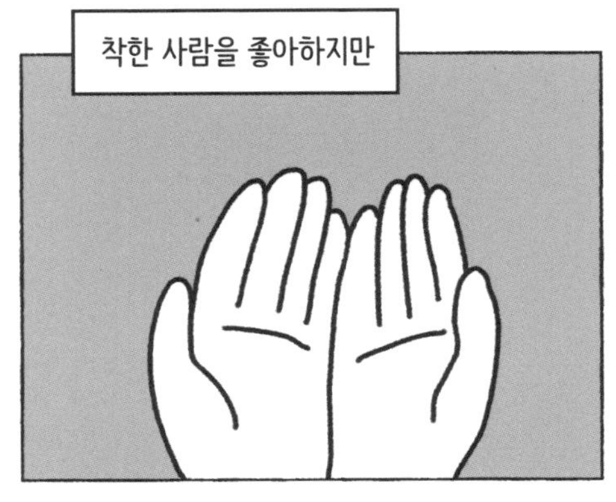
착한 사람을 좋아하지만

너무 가까워지진 못하겠다.

나 때문에 애쓰는 것 같아 미안하다.

나와 달리 세상에는 거절을 못 하는 사람들이 많다.
그들에게 '거절 특강'을 해보는 건 어떨까.
!
아무도 신청 안 할 듯….
하지만 가르쳐야 하는 건 거절이 아니다.

포기하는 방법이다.

나는 여러 가지를 포기하고 나를 자주 선택하곤 한다.

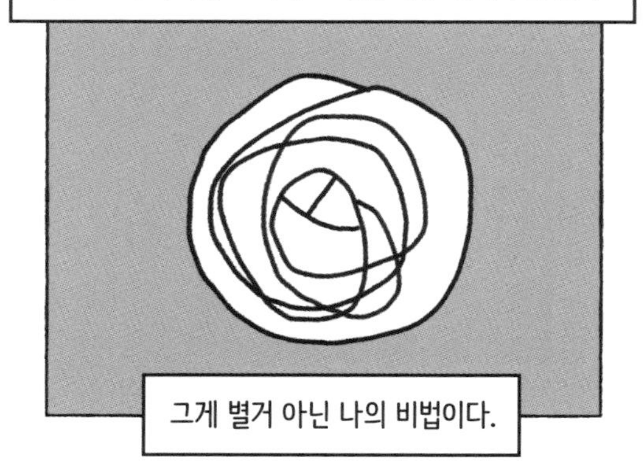
그게 별거 아닌 나의 비법이다.

혼자 크리스마스

앞으로도 크리스마스는 혼자 보낼 거다.
오늘만 보더라도 하루가 이토록 좋았는걸.
사람들을 곁에 둬야 한다는 의무감에 사로잡혀 살았다.

아, 부질없어라.
이별은 전부 다행 아닐까?
옳은 결말이고, 심지어 축복 같은 일이야!

어쩌면 혼자 지내는 일의 단점은

혼자 너무 잘 지낸다는 점일지도 모른다.

삶이라는 경주

근데 말이야…

그동안 나는 어디를 달리고 있던 걸까?

누구와 나를 비교하면서?

삶에는 항상 정해진 트랙이 있었다.
대학, 취업, 결혼…
더불어 거기에 적당한 커트라인이 있는데
다치는 줄도 모르고 애써 맞추며 살았다.

그래도 이만하면 괜찮다고 생각했다.
숨을 몰아쉬면서,
원치 않는 삶을 살면서.
그래, 이만하면 괜찮아.

그러던 내가 삶의 트랙으로부터 도망쳤다.

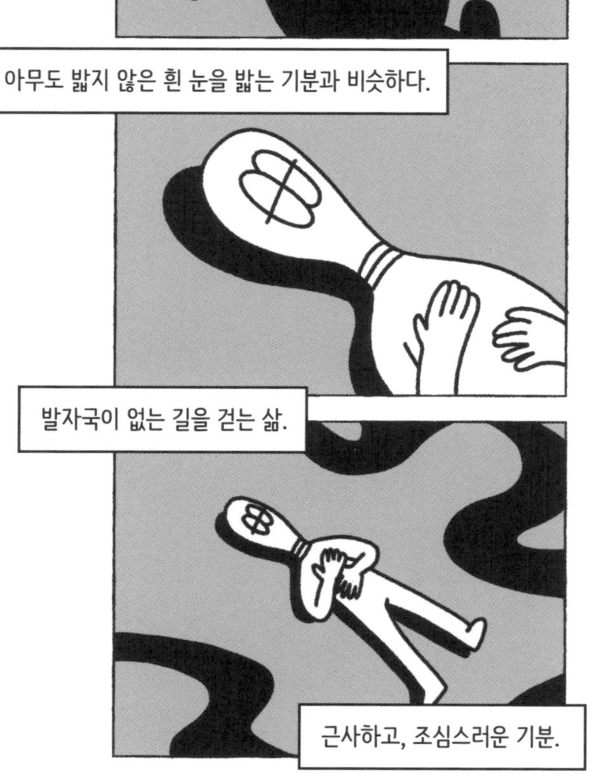
아무도 밟지 않은 흰 눈을 밟는 기분과 비슷하다.
발자국이 없는 길을 걷는 삶.
근사하고, 조심스러운 기분.

이 길 위에서 처음으로 발견하게 된 것은
구겨지지 않은 나였다.
정해진 삶의 트랙에서
벗어난 내 모습이
생각보다 초라하지 않고 꽤 반듯하다.

비둘기 안녕

내 착한 비둘기는 나와 헤어져
그가 살던 곳으로 날아가 새털구름이 되었어
이제는 내가 울지 않기 때문이야
이제는 슬픔이 내게서 떠나가기 때문이야

* 시인과 촌장 '비둘기 안녕' 중에서

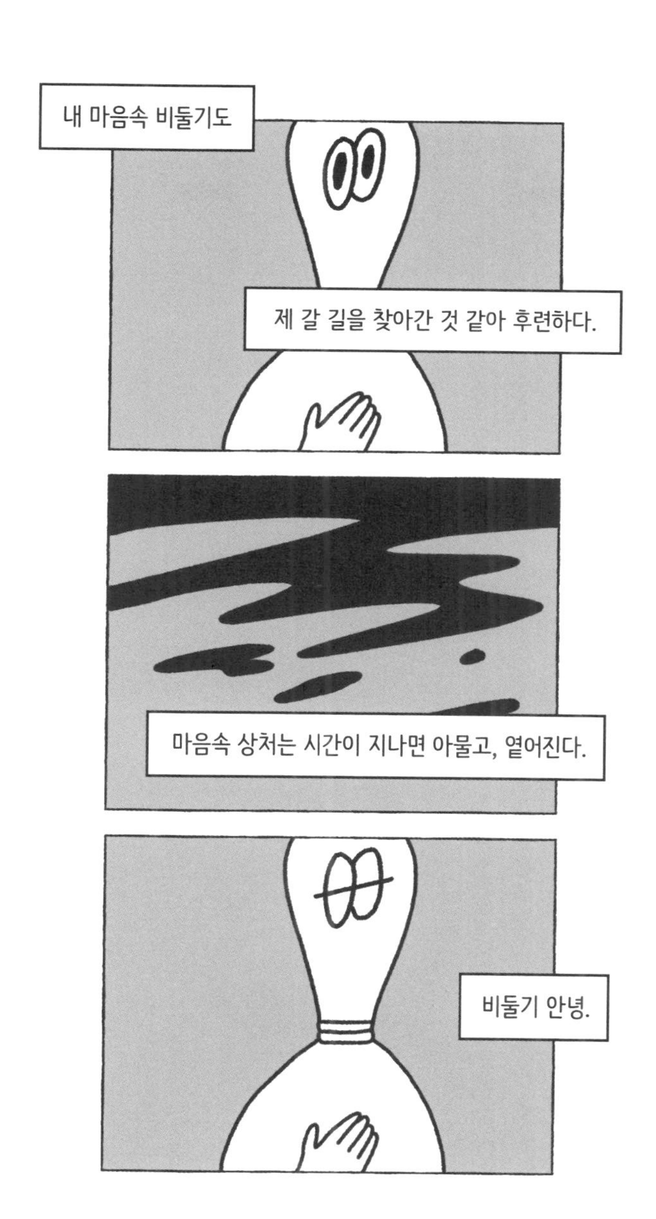
내 마음속 비둘기도
제 갈 길을 찾아간 것 같아 후련하다.
마음속 상처는 시간이 지나면 아물고, 엷어진다.
비둘기 안녕.

리얼리티 같은 소리

다음 해엔 꼼짝없이 재취업해야 한다고 인스타그램에 올렸다.

그럼 내가 회사 없이 살아온 치열한 2018년은 뭔데?

리얼리티가 아니었다는 뜻이니?
꺼지라고 말하고 싶었지만 이내 참았다.
ㅍ…
남들이 나를 몰라준다고 화낼 필요 없다.

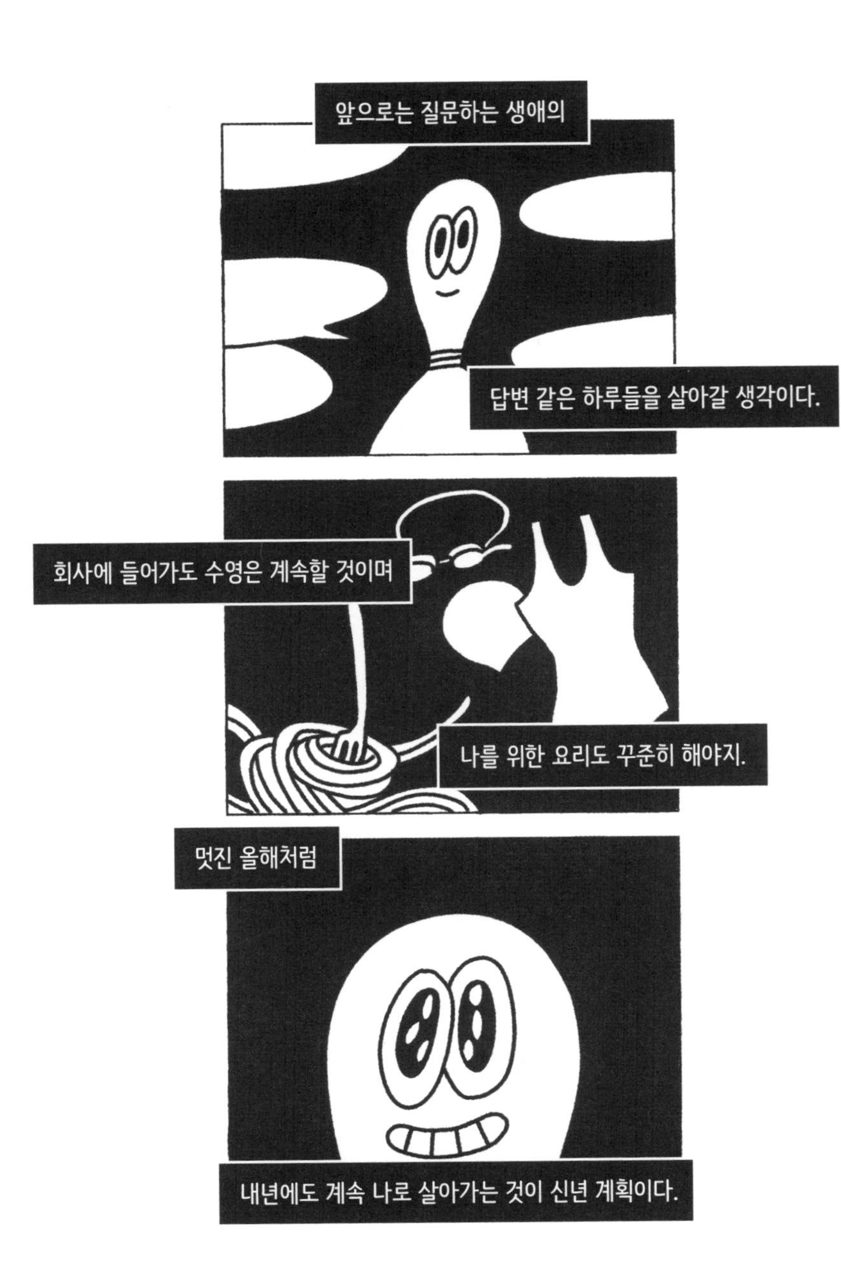
앞으로는 질문하는 생애의
답변 같은 하루들을 살아갈 생각이다.
회사에 들어가도 수영은 계속할 것이며
나를 위한 요리도 꾸준히 해야지.
멋진 올해처럼
내년에도 계속 나로 살아가는 것이 신년 계획이다.

비둘기 안녕,
눈부신 2018년의 이연에게 전하는 인사

떠나보내는 일이 쉽지 않았지. 미련이 없다고 말했지만 사실 그냥 한 말이야. 누군가를 그리워하는 내가 싫어서 지어낸 말이라고. 나는 너무도 많은 것들을 그리워했어. 전부 잡을 수 없는 것이었지. 나를 설명해주는 회사, 사랑했던 연인, 재능으로 빛나던 어린 시절, 전부 그리웠고 그래서 미웠어. 정작 내가 무너졌을 때는 그 빛나는 것들이 온데간데없이 사라져서 찾을 수 없었거든. 나는 성숙해지면서 비로소 그 마음속 비둘기들을 보내줄 수 있게 된 것 같아. 하나씩, 희미한 바람만 남기고 전부 떠났지만 지금 내 곁에 있는 것들은 그 비둘기가 떠난 자리에 찾아온 것들이야. 그렇기 때문에 나는 그때의 이별을 기꺼이 축복이라고 생각해. 뭐니 뭐니 해도 나는 이연의 최신판이 언제나 마음에 들거든. 모든 기억과 경험들을 다 안고 있잖아. 지금은 곁을 떠났지만 그렇다고 그 추억들이 존재하지 않았던 것은 아니니까. 그렇게 생각하면 조금 더 관용을 베풀 수 있어. 곁에 머물러주는 것들에 감사한 마음이 드는 것은 물론이고.

재미있는 일기들을 많이 남겨줘서 고마워. 지금도 종종 위로가 돼. 멀티버스라는 게 있다면 안부를 보낼게. 거기의 나, 잘 지내면 좋겠다. 서기 2022년 우주에서 31세의 내가 2018년의 나에게 안부를 전해.

"나는 잘 지내고 있어. 수영은 못 하고 있어서 부럽다. 나 대신 멀리 헤엄쳐줘. 그리고 또 많이 웃어줘. 정말로 고마워."

나는 싫어하는 게 아주 많고, 그만큼 좋아하는 것도 많아.
그 때문에 내 삶은 계속된 도망의 연속이야. 참으면서도
참는 줄 모르고, 달아나면서도 머문다고 착각하는 바보 같은
일의 반복이지. 그럼에도 모든 게 많이 달라졌어. 정말이야.
그러니까 미래의 나야, 지금의 내가 없다고 슬퍼하지 마.
원래 인간은 일정 주기로 세포가 전부 바뀐대.
지나간 시절을 붙잡지 말자. 대신 잘 가라고 마중을 하는 거야.
보이지 않는 저 멀리에 기꺼이 손을 흔들자고.
고마웠어, 안녕 하고 말이지.

2018년 9월 1일

수영의 비밀

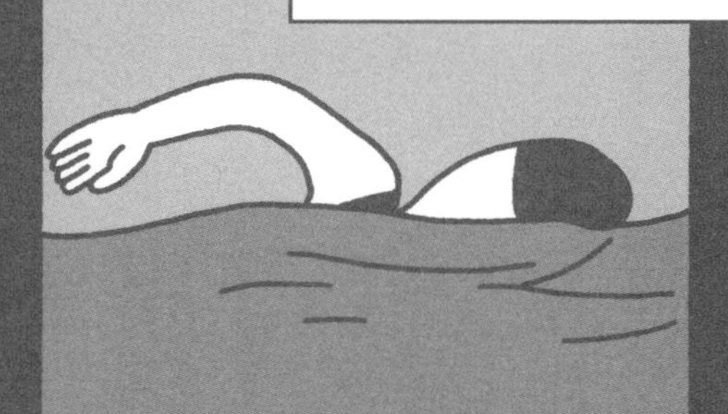

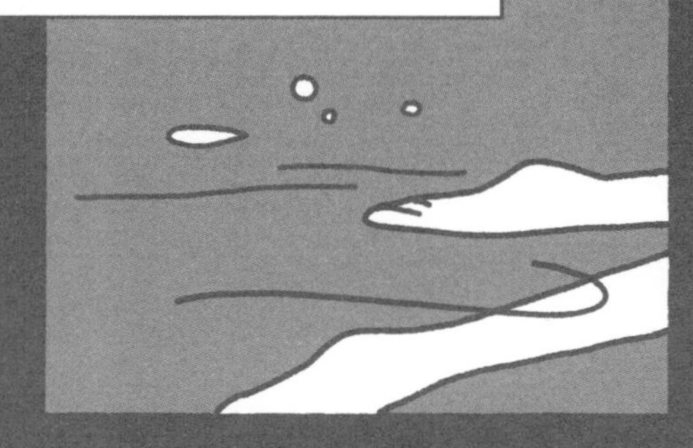

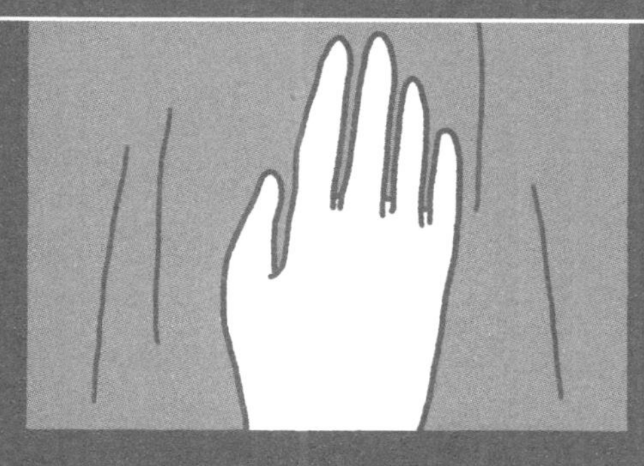
"맨날 똑같은 수영장을 지루하게 반복하는 것 같아요."

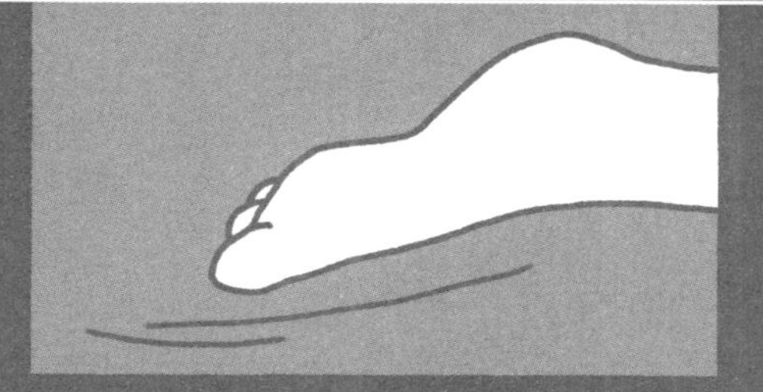
"똑같아 보여도, 그 안에서 우리는 매일 달라져 있어."

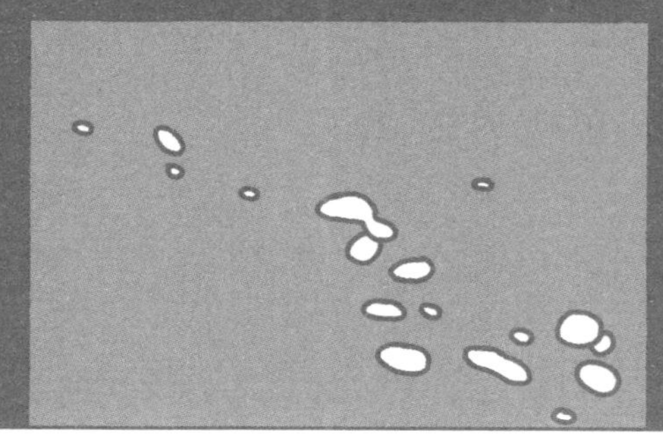
그래, 우리도 매일을 살면서 조금은 달라졌을 것이다.

나의 신화

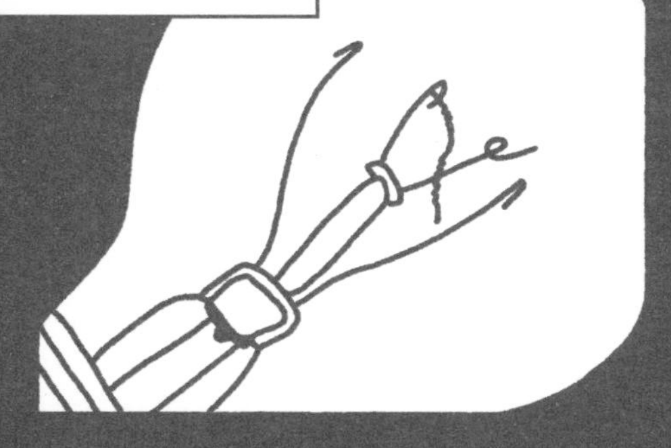

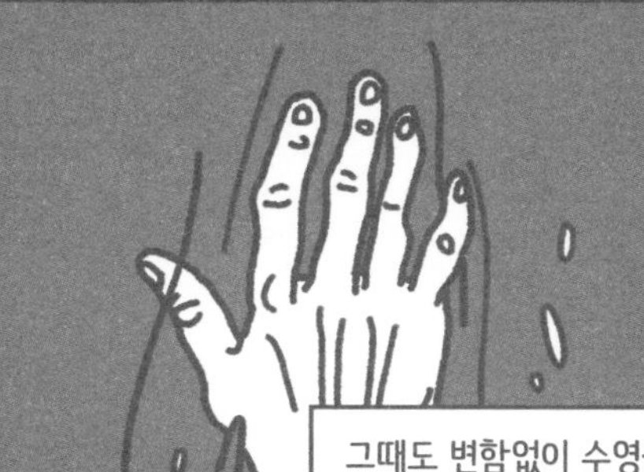

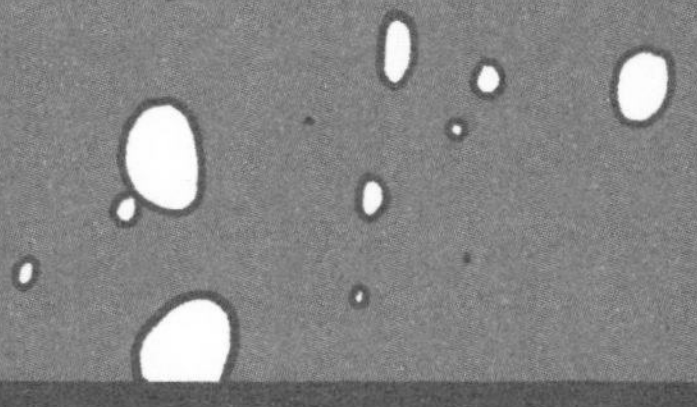

백혈구나 파수꾼처럼 끊임없이 나를 지키는 것뿐이다.

다른 신화는 필요 없다.

에필로그

나는 더 멀리 갈 거야.

새로운 도전

대학교 다닐 때 영상 수업은 하나도 안 들었는데.

그래도 포토샵이나 일러스트레이터랑 비슷하지 않을까?

내 장점 중 하나가 툴을 빨리 익히는 것이지.

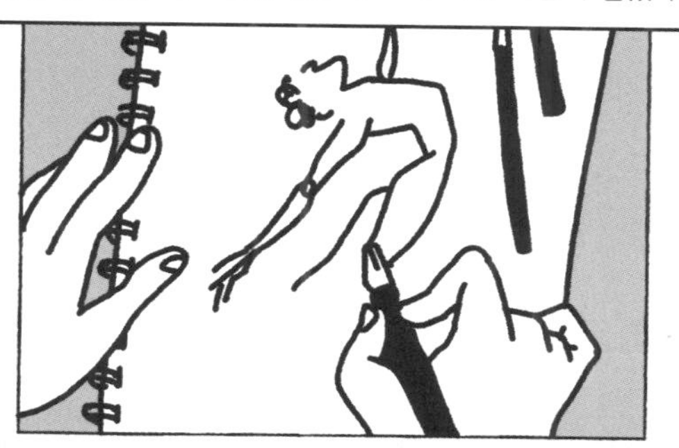
영상 한 편을 찍고 완성하는 데 꼬박 다섯 시간이 걸렸다.

두근거리는 마음으로 첫 영상을 올렸다.

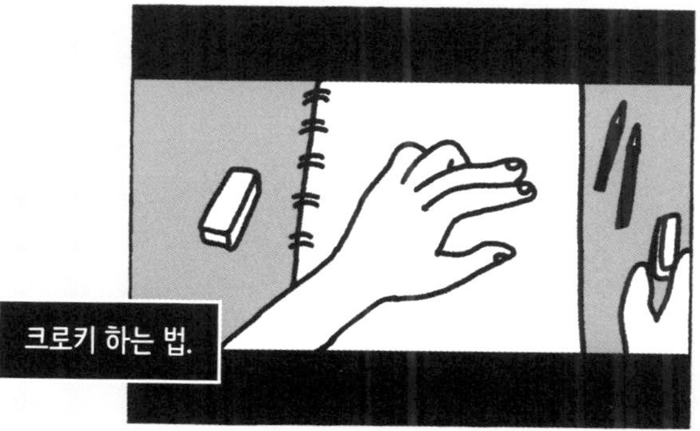
크로키 하는 법.

잘나가는 유튜버들의 과거를 생각하면 그야말로 까마득하다.

황무지에서 뭔가를 시작했고

포기하지 않았던 이들이다.

100만 유튜버도 처음엔 구독자가 0명이었겠지?

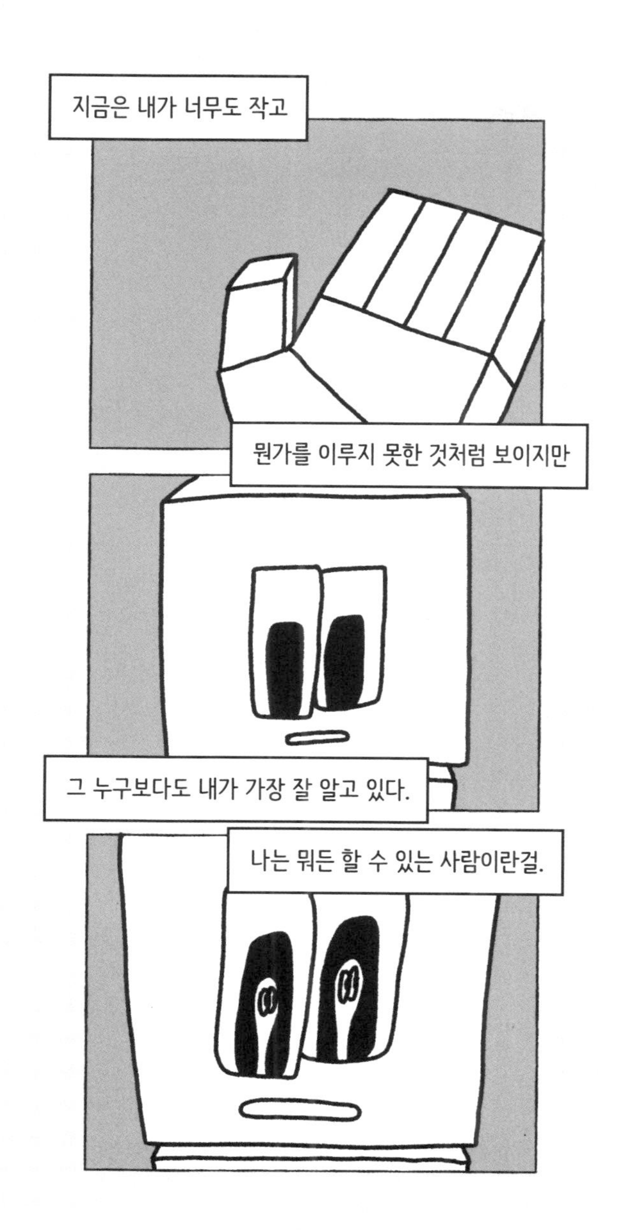
지금은 내가 너무도 작고
뭔가를 이루지 못한 것처럼 보이지만
그 누구보다도 내가 가장 잘 알고 있다.
나는 뭐든 할 수 있는 사람이란걸.

불안과 싸우는 것은 생의 숙명이다.

지금은 불안해도 참을성 있게 노력을 이어가는 것이 중요하다.

뭐든 한 가지에 제대로 집중하자.

러닝 포인트

구독자가 200명인 단란한 나의 유튜브 채널.

어느 날 이런 댓글이 달렸다.
그림을 그릴 때 망칠까 봐 겁이 나요.

나는 겁이 날 때 어떻게 했더라?

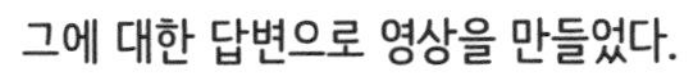
그에 대한 답변으로 영상을 만들었다.

나와 당신에게 꼭 필요한 영상이라는 생각이 들어서.

겁내지 않고 그림 그리는 10가지 방법.

생각보다 반응이 좋네.
뭐지?
조회수가 갑자기…
그 한 편의 영상이 내 삶을 통째로 바꿔버렸다.

삶의 소용돌이

일주일 만에 구독자가 200명에서 2만 명이 됐다.

손이 떨리고 심장이 아파서 잠을 잘 수가 없네.

"갑자기 잘됐을 때 대처 방법"

이런 게 검색해서 나올 리가 없잖아!

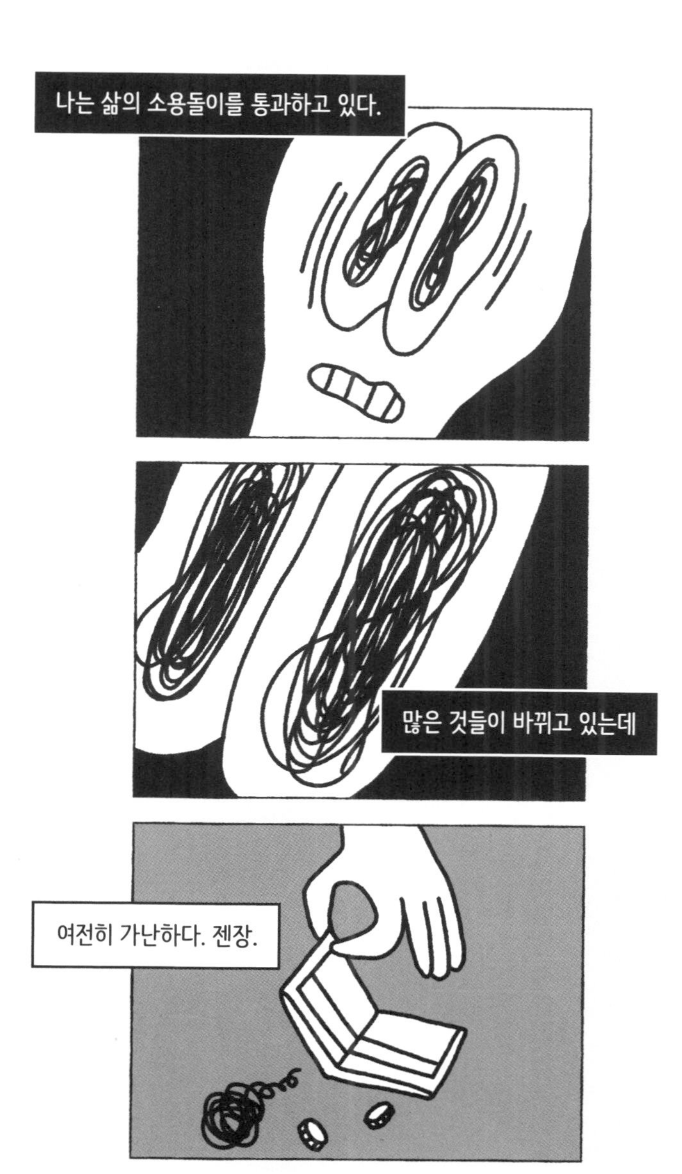
나는 삶의 소용돌이를 통과하고 있다.
많은 것들이 바뀌고 있는데
여전히 가난하다. 젠장.

사실 지난 몇 주간 일자리를 알아보러 다녔다.

너무 불안했기 때문에 보이는 족족 즉시 지원.

그 회사에 합격하자마자
???
계약직
갑자기 유튜브 채널이 잘된 것이다.
어이없어….
하지만 당장 다음 달 생계비가 필요했다.

갑자기 2만 유튜버가 되긴 했지만
20,000

애드센스 수익은 88만원이다.
880,000
...
어차피 일은 다시 해야 한다.

매일을 헤엄치는 법

불행이 한꺼번에 오는 것처럼 행운도 한꺼번에 온다.

Sent: 2019-01-18
Subject: 이연수님 [스타벅스코리아 디자이너] 제안 드립니다.

안녕하세요, 이연수님.

헤드헌터 ○○○ 이사입니다. 메일로 먼저 인사드립니다.
현재 진행중인 포지션을 안내드립니다.
소개드린 포지션이 적합한 포지션이길 희망합니다.

평소에 선망하던 기업의 디자인팀 헤드헌팅 제안이 왔다.

이직만 여덟 번 한 취업의 달인 친구에게 전화를 했다.

언니, 저는 사실 유튜브를 계속하고 싶은데
이 회사도 놓치고 싶지 않아요.

그 회사, 꼭 들어가.

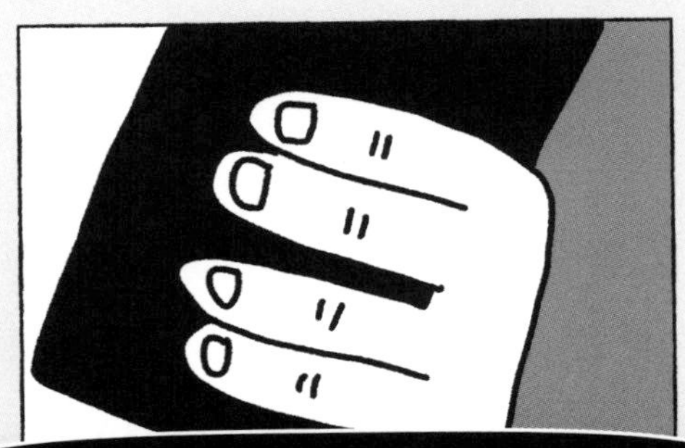
너는 거기 일주일만 다녀도 돼. 들어갔다는 게 중요해.

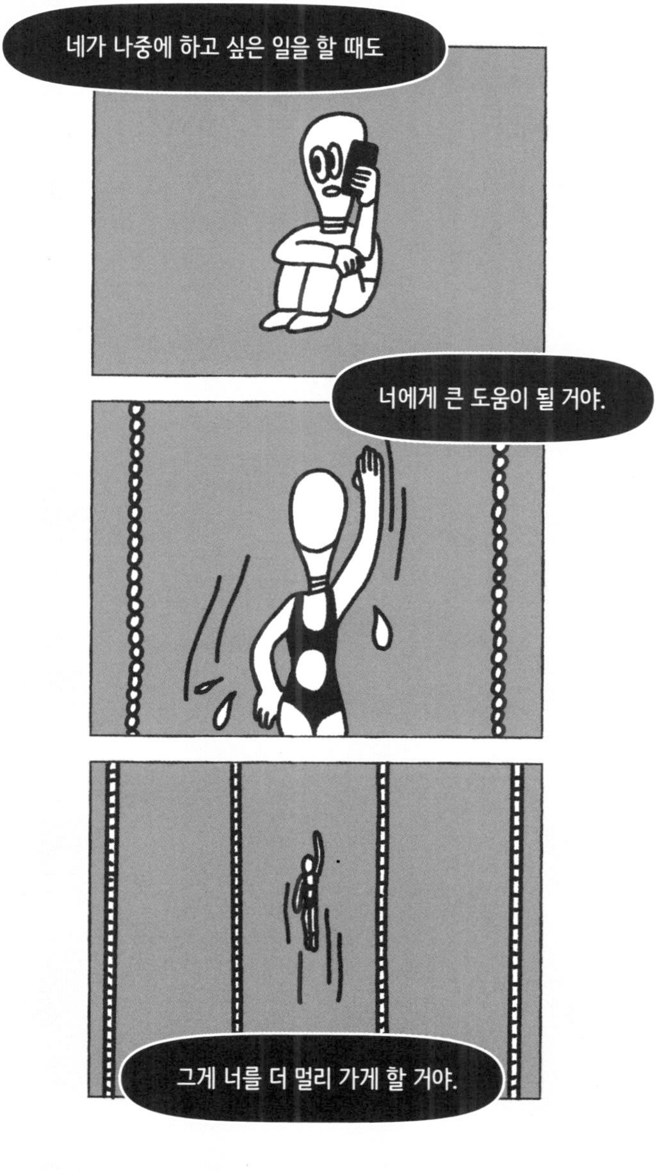

네가 나중에 하고 싶은 일을 할 때도

너에게 큰 도움이 될 거야.

그게 너를 더 멀리 가게 할 거야.

1년 사이에 나는 많이 바뀌었다.

회사 없이도 살아남을 수 있다는 것을 증명했고

난생 처음 수영을 배워서 상급반까지 갔다.

멀리 갈 수 있겠지.
지금까지 걸어온 것처럼.
매일을 헤엄치면 돼.
다이빙은 여전히 서툴지만
그래도 용기 내어 시도해본다.

물을 잔뜩 먹어도 괜찮다.
나는 이제 헤엄칠 줄 아는 사람이니까.
처음 수영을 배울 때, 선생님이 이런 농담을 하더라고.

생각보다 물 많이 먹죠?
수영인들 사이에 이런 말이 있어요.
여기 수영장에 있는 물 다 마시면
그때는 국가대표가 된다고.

새로운 삶과 새로운 꿈

2019년 1월 15일, 퇴사한 날로부터 딱 1년이 지났다.

새로운 회사에 다니게 되었다.

수영은 새벽으로 시간대를 바꿨다.

10시 수영반 선생님과 할머니를 이제는 더 이상 볼 수 없다.

텅 빈 새벽의 수영장 가운데에서 바라봤다.

조용한 푸른 수영장, 나는 이런 게 너무 좋아.

울 것 같았다.
나는 너무나 작은 것을 지키려고 삶을 낭비하는군.
근데 그게 아깝지 않단 말이야.

내 꿈은 이제 변하지 않을 것이다.
평생 수영을 하는 할머니가 되는 것.
아주 멀리 헤엄치는 것.

에필로그

2018년 11월, 이연 유튜브 채널 개설

2019년 3월, 스타벅스 커피 코리아 디자인팀 합격

2019년 5월, 10만 구독자, 실버버튼

2020년 7월, 구독자 40만, 퇴사

2020년 8월, <세바시> 출연

2020년 11월, 모나미와 컬래버레이션

2021년 3월, 첫 책 출간, 에세이 부문 베스트셀러

2021년 10월, 첫 개인전

2021년 12월, 〈Let’s draw〉 드로잉 키트 론칭

700000
2022년, 70만 유튜버가 되었다.

15평 개인 사무실이 있다.

수영 대신 자전거로 멀리 다닌다.

감사의 말

대학을 다닐 때 졸업 작품으로 만화를 그렸다. 그때 다짐했다. '앞으로 다시는 만화를 그리지 말아야지.' 그리고 그때 그 책을 편집하면서 책도 만들지 말자는 다짐을 했다. 패키지 수업을 들을 때도 절대로 패키지 디자인은 하지 말아야겠다고 생각했고, 수강 신청 목록에 있는 영상 수업을 보면서 삶에서 영상을 만질 일은 없을 테니 이 수업도 듣지 말자고 했다. 그리고, 이때의 나를 비웃듯 나는 정반대로 살고 있다. 만화를 그렸고, 두 권의 책을 내게 되었고, 6년 동안 패키지 디자이너로 일했고, 전업 유튜버가 되었다. 인생이라는 게 정말 모를 일이다.

책을 준비한다고 하면 다들 열심히 쓰라는 응원을 건넸다. 쓴다기보다는 그리는 일이 95퍼센트에 해당되는 책이지만 "응, 잘 쓸게." 하면서도 늘 죄책감이 들었다. 일단 '쓴다'라는 말이 표현상 맞지 않았고, '잘'이라는 말은 약속하기 어려운 다짐이었기 때문이다. 그래도 어찌어찌 그려내서 지금 감사의 말을 쓰고 있다.

믿기지 않는다. 정말로? 이 책이 세상에 나온다고? 그리고 누군가가 이 책을 읽어서 감사의 말에까지 닿았다고? 감사의 말 코너라서 감사하는 게 아니라, 정말 순수한 진심으로 감사를 전한다. 나는 이 시절의 경험과 영감이 누군가에게 꼭 필요한 용기가 될 거라 믿는다. 어둠 속을 묵묵히 걸었던 나의 27세 같은 시절이 여러분에게도 분명 있을 거라는 생각이 든다. 그게 현재일 수도 있다. 언제여도 상관없으니 그 시절의 나 자신에게 헌사를 보내는 것은 어떨지. 몸이 아팠지만 수영 학원을 끊고, 글을 쓰고, 그림을 그렸던 위대한 나에게 이 말을 전하고 싶다.

"잘해낼 줄 알았어. 고마워."

여기, 당신을 위한 자리가 있다. 여러분도 짧게 한 마디 적어주길 바란다.

이 이야기는 꼭 한여름에 들려주고 싶어서 겨울과 봄 동안에 열심히 그렸다.

언젠가 반드시 그리울, 찬란한 시절 속 당신에게 인사를 보낸다.

2022년 초여름, 이연

이연 그림 에세이

매일을 헤엄치는 법

첫판 1쇄 펴낸날 2022년 7월 22일
16쇄 펴낸날 2023년 5월 15일

지은이 이연
발행인 김혜경
편집인 김수진
책임편집 유승연
편집기획 김교석 조한나 김단희 김유진 곽세라 전하연
디자인 한승연 성윤정
경영지원국 안정숙
마케팅 문창운 백윤진 박희원
회계 임옥희 양여진 김주연

펴낸곳 (주)도서출판 푸른숲
출판등록 2003년 12월 17일 제2003-000032호
주소 서울특별시 마포구 토정로 35-1 2층, 우편번호 04083
전화 02)6392-7871, 2(마케팅부), 02)6392-7873(편집부)
팩스 02)6392-7875
홈페이지 www.prunsoop.co.kr
페이스북 www.facebook.com/prunsoop 인스타그램 @prunsoop

ISBN 979-11-5675-972-0 (03810)

* 잘못된 책은 구입하신 서점에서 바꾸어 드립니다.
* 본서의 반품 기한은 2028년 5월 31일까지입니다.